李佩甫文集

SELECTED WORKS OF LI PEIFU

散文卷

写给北中原的情书

河南文艺出版社
郑州

图书在版编目（CIP）数据

写给北中原的情书/李佩甫著. —郑州:河南文艺出版社,2020.8

（李佩甫文集.散文卷）

ISBN 978-7-5559-0906-4

Ⅰ.①写… Ⅱ.①李… Ⅲ.①散文集-中国-当代 Ⅳ.①I267

中国版本图书馆 CIP 数据核字(2020)第 100425 号

总 策 划 陈 杰 李 勇
选题策划 陈 静
责任编辑 陈 静
责任校对 赵红宙
装帧设计 ⋔ 书籍/设计/工坊 刘运来工作室
内文设计 吴 月
责任印制 陈少强

出版发行 河南文艺出版社
本社地址 郑州市郑东新区祥盛街 27 号 C 座 5 楼
邮政编码 450018
承印单位 河南瑞之光印刷股份有限公司
经销单位 新华书店
纸张规格 700 毫米×1000 毫米 1/16
本册字数 185 000
总 字 数 4914 000
总 印 张 369.5
版 次 2020 年 8 月第 1 版
印 次 2020 年 8 月第 1 次印刷
定 价 1580.00 元(全 15 册)

李佩甫，生于 1953 年 10 月，河南许昌人。现为中国作家协会全委会委员，河南省作家协会名誉主席。

主要作品有长篇小说《河洛图》《平原客》《生命册》《等等灵魂》《羊的门》《城的灯》《李氏家族》等，中短篇小说《学习微笑》《无边无际的早晨》等，散文集《写给北中原的情书》，电视剧《颍河故事》等，以及《李佩甫文集》15 卷。

作品曾获茅盾文学奖、庄重文文学奖、人民文学优秀长篇小说奖、全国"五个一工程"奖、"中国好书"等多种文学奖项。部分作品被翻译到美国、英国、法国、俄罗斯、日本、韩国等国家。

目　录

○　　●

湛建新与《娘娘泉》

1987 年，河南文坛悄没声息地摸来一位年轻的后生。

他叫湛建新，夹着他的《娘娘泉》从豫北来了。他一只脚门里、一只脚门外地站着，很冷静地向门里打望，似乎想看一看这里有没有他的位置。这是个很干练的年轻人，脸相很严肃，人黑黑的，精瘦，眼睁开的时候很亮，只是那亮光被睫毛隐着，像是要藏点什么。他极少说话，说话的时候先清一清嗓子，仿佛喉管里贴着一片树叶。给人一种初步文坛小心翼翼的感觉。

多年以后，参加过鸡公山笔会的人，还都记得那个清凉的夏夜。

在那里，这小子把上山的人都震了。这时我才发现，他是个极会藏的人，是个才华横溢的本色演员。在那次晚会上，湛建新的节目把整场晚会推向了高潮，他那双眼睛极亮，亮得逼人。而他初露脸给人的印象却是腼腆的，还有点怯生。当时没人认为他能表演什么，只不过出于客气地让一让。可他站出来后，却很自然，很大方，很洒脱。他生动、精彩的小品吸引了晚会上所有人的眼睛，与会的才男才女们不由得刮目相看。

那时，我便觉得这小子身上有点什么。激情和认真，是他深藏不露的潜质。不然，他怎么能出手就写出《娘娘泉》这样的作品呢？

湛建新祖籍山西，生于滑县道口镇。道口镇因道口烧鸡名扬天下，若干年后，会不会因湛建新而出名呢？这话现在不敢说，一切要看这小子的造化。他的生活阅历是丰富的。早年，他父亲被打成"右派"，一家老小落户到了乡下。跟着戴"帽子"的父亲在乡下扛日月，他见识了艰难。高中毕业当了兵，是铁道兵。抡洋镐打隧道，活儿极苦，几次险些送命。复员后，他到安阳肉联加工厂，再后来调到厂工会……三十年生生死死都见过，人就多了一些冷静和深沉。他打小喜欢文艺，参加了学校宣传队、部队文工团、工厂里的业余演出，还在电视剧《岳飞》中扮演过角色。虽多年登台表演，湛建新却没有沾染上油滑气。登台时，他不是肤浅地"表演"，生活中也不是夸夸其谈的主儿。真人不露相，关键时刻一下子站了出来，是条汉子。

《娘娘泉》"犯"到我手里，是极偶然的事情。我在《莽原》当编辑，分工负责北路的稿子，安阳算是我的辖区。记得那是四月中旬，《娘娘泉》就在我的手边，是打印稿，用一个白塑料袋装着。编辑们一般不喜欢这种打印、油印的稿子，谁知道印了多少份，投了几百家呢！后来听湛建新说，这部稿子他只求人打了一份，很不容易的，是想搞得干净整洁一点，给编辑个好印象。

我在《娘娘泉》里"泡"了大半天时间，稿子是一口气读完的。作品写了一个村庄的众生相，把人生像拉洋片似的扯出来。写得客观、自然，语言也很朴素、很干净。小说结尾，给人留下了很大的想象空间。

应该说，虽然作品还有不足，但在当时的业余作者中，这样的小说还真不多见。

当即，我便把稿子提上去了。说实话，一个新作者，投来第一篇稿子的语言就这样纯净，我心里也"醋醋"的。后来，湛建新告诉我，稿子投出七天后，就收到了采用通知，他很惊讶。他过去从未发表过作品，高兴之余，他把自己写的诗翻出来，挑几首寄给《人民文学》，很快这些诗也发出来了。组诗的题目是：《世界在我眼里》。

《娘娘泉》发在《莽原》1987年第五期的头题，在省内文艺圈得到普遍好评。

这篇七万字的中篇以总体象征的手法，透过"娘娘泉"，映照了袁娘寨人在荒诞年代的荒诞故事。一个村落的生生死死、恩恩怨怨全在"娘娘泉"这面镜子上映着。"镜"中人生虽不惊心动魄，却也耐人寻味。"拉洋片"是此作的结构特点，一个个镜头的组接，一幅幅场景的交替，都是极讲究的。有色彩，有音响，有韵味，有空白，形散神聚，前后照应。"命运"，是这篇作品的主旋律。老根与杏花的命运，金生与袁丽的命运，牛壮与羊圈娘的命运，七斤嫂与梁建华的命运，还有福来、何燕、大脚婶等人的命运，组成交响，时起时伏、时断时续，一幅幅画面呈现出荒诞的、麻木的、扭曲变形的人生图像。尤其开篇两个童音憧憬甜美人生的对话，与晚年老根、羊圈娘历经痛苦的人生，形成巨大反差，产生了较强的艺术感染力。

我个人欣赏的还是他的语言。七万字的一个大中篇，很少废话，也没有过多的修饰语，看似平平淡淡，却全是生活中提炼出来的。话很白，但朴中见厚、实中有虚。对于年轻的业余作者来说，这是很不易做到的。

当然，客观地说作品也有瑕疵。首先，以"知青"的角度入手，来透视一个村庄，这样的写法已不算新鲜。同时，作品虽然写了贫穷、愚昧以及无形的封建传统给袁娘寨带来的痛苦，但其间写人的个性心理及个性行为表象较多，而对一个地域内在文化的挖掘还有局限。

好在湛建新年轻，一切尚可待诸来日。

1988年

在"瞎话儿"中长大 ·······················

　　自小，在姥姥的村庄住了很久。

　　夜总是很黑。灯光呢，只有一豆儿。那时候，就常偎在姥姥的怀里听"瞎话儿"。姥姥的眼已是半瞎，话也很艰难，记忆却惊人的好，枝枝梢梢都讲得极生动。每晚讲一个"瞎话儿"，总也讲不完。便终日在那些"瞎话儿"里泡着，熬过漫漫长夜。

　　后来姥姥去了，"瞎话儿"却留着。那"瞎话儿"时常映现在梦中，一颗小小的心灵就在"瞎话儿"中慢慢长大。大了，就嚼这"瞎话儿"。嚼得久了，就嚼出了味道。

　　土地是很贫瘠的，养的苗儿很瘦。水分呢，又不是很足。但瘦也慢慢养，一日日就长成了庄稼，打粮食给人。土地是很宽厚的，给人吃，给人穿，给人住，给人践踏。土地又是很沉默的，承担着生命，同时又承担着死亡，从未抗拒过人类的暴力，却一次又一次地给人儆戒。这是怎样的一块土地呢？似乎只有这样的土地才养育了这样的人种，这样的人种就生产了这样的"瞎话儿"。我们在这样的"瞎话儿"中泡大，就长成了这样的人。不是吗？

人类的痕迹是繁衍，繁衍的轨迹是血脉。血脉一代一代连着，就有了种的区别，就有了人的历史，就有了活人的固定区域。那么，人又是怎样活过来的呢？日子是那样的漫长，漫长得叫人不能活。可一代一代的人就这么活过来了，繁衍成了一个个有很多人口的大族。

血脉呢，又连得是那么紧密，紧密得千千万万年割不断。常常觉得没有指望了，却呱儿呱儿地又活了过来。还能说什么呢？那无尽的日月，那死不了又活不成的日月，被血脉的长线穿着，坚韧地扯出了长长的人生。天光像筛子一样把日月筛下来，不就是给人过的吗？就过吧，渐渐，久远的渐渐，就拼出了一个十亿众生的大图案。这图案是一条条血脉拼成的，抒写着生生不息。

那血脉已经流淌了很多很多年了，其中的盛盛衰衰、生生哀哀已不必说。然而这血脉还在流淌着，艰难而富有韧性地流淌着。在极迟滞极缓慢的流淌中，在濒临枯竭的时刻，就有奋而跃出的一个个生命力强大的血分子，就出现了一代一代的叛逆者。于是，一次一次的苏醒，带来一次一次的新生。然而，慢慢，慢慢，就又滑入了惯性的轨道……那么，新生的力在哪里呢？使血脉得以延续、得以生生不息的力的源泉在哪里呢？这正是我们要探寻、要知晓的。

这就是写作《李氏家族第十七代玄孙》的初衷。

《李氏家族第十七代玄孙》发表已好长时间了。突然接《中篇小说选刊》来电，说要选载这部作品。记得当时狂妄地想：识货！

1989 年

本文系中篇小说《李氏家族第十七代玄孙》创作谈

一抔"老娘土"

很久了，不会写脸。

作家是应该会写脸的，是不是？有许多作家都很会写脸，很生动的脸。我不会写脸。

幼年在乡下住过，中学毕业当了知青，又到乡下住过。一口锅里搅稀稠，与乡人有着千丝万缕的联系。离开了，却记不住乡人的脸，惭愧。

记住的都是些零零碎碎的东西。记住了乡人那扣着绳痕的黑脊梁，还有一豆儿一豆儿的汗水；记住了草屋前挂着的红辣椒串，还有一抹胭红的夕阳；记住了场上那光溜溜的石磙，还有圆周周的麦垛；记住了乡村土路上牛蹄的印痕，还有那一踏一踏的响声；记住了灰驴的叫声和黑狗的尿，还有那湿成麻窝样的扑腾土……日子久了，期望着时光能筛出人脸来，可梦里梦外，仍是各种的零碎。

九月，正是阴历九月。天儿好，又到乡下去了，想"拾"些什么回来。

在乡下，我很经意地去看乡人的脸。天光淡淡，秋阳暖暖，在秋熟的田野里，在碾满车辙的土路上，在垛满了谷子、豆秆的场院里，我一张张地读乡人的脸。读了，就觉得很熟，每张脸都很熟。是呀，还用得着跑来"读"吗？三叔的胡子上总有饭渣，四叔的下巴上有颗瘊子，六叔的眉毛很浓；而二嫂的脸黑，三嫂的脸白，狗家的女人一笑俩酒窝……这些不都是你知道的吗？知道，还有很多很多你都知道，这些都是不该忘的，想忘也忘不了的。于是，你很满意，回城里去了。

可是，回到城里，坐在书桌前，点上一支烟，泡上一杯茶，当我准备慢慢与乡人对话的时候，却找不到乡人了。没有了，什么也没有了，只有一片混沌的黄色。

我静下心来，一支一支吸烟，苦苦等待着。天，我怎么就记不住乡人的脸呢！

眼前出现的是一坡一坡的土地，漫无边际的土地，土地上流淌着血脉一样的河流，大地静静的，河流静静的，秋收后的大地舒伸着漫向远方，沟沟壑壑都清晰可见。土地乏了、干瘪了，可大地上仍然书写着万物的根基，镌刻着人类的历史。有风从大地上刮过，荡起遮天的黄尘，黄尘里裹着一张张人脸，人脸很厚，厚得无法辨识。我的三叔呢？我的四叔呢？我的乡人呢？眼前只有大地。慢慢，我觉得自己也沉进了大地……

我想与大地对话，然而，大地沉默不语。

无奈，我只得捧一抔土出来，打成土坯，献给读者。土是家乡大田的土，水是家乡老井的水，也用麦秸火烤过……坯打得不好，让读者见笑了。

1990 年

本文系中篇小说《无边无际的早晨》创作谈

亦真亦幻的光

日子很碎，不是吗？

一天一天的，人在日子里碎着。

想一想，人的来处是那样偶然，人的去处呢，早早晚晚的，又是那样的一致。既来无踪，亦走无影。剩下的，只是一些片片断断的过程。纵是这些过程，也是经过了记忆修饰的，是每个人心中的东西。说起来，不也很空？

幸好有了文字。人类的物质生命是由后代来延续的，人类的精神生命却是由文字来延续的。文字是人类精神生命的记录，语言是人类智慧的结晶，是先导。于是一代一代的后人才有了借鉴的凭据、生命的依托。

在过程里，人成了一片一片的点，那就是生命的亮点。正是这些亮点把时间分解了，时间成了一个一个的瞬间、一片一片的记忆，成了活鲜的有血有肉的人生，成了一种有质有量的东西。是文字，称出了人生的重量。

文字造成了时间的分解，文字也造成了生命的永恒。分解后的时间，不再是人类共有的概念，而变成了亿万个不同的立体时空。在这样的时空里，人成了时间的切片，成了一个个活的标本。这里有千千万万个各不相同的春夏秋冬，有千千万万个各不相同的分分秒秒，有千千万万个各不相同的凝固了的瞬间。

这么说，在肢解过的时间里，世界已没有了绝对的真实。所谓的真实已是被人的视角篡改过、被人的记忆吞噬过的，那是一些被人们的记忆咀嚼后、又被人的思想唾液粘起来的东西，可以说亦真亦幻。

文学就是一个亦真亦幻的世界。也可以说，文学是从这个世界里发出的声音。是来自灵魂的声音。

很多年了，一直在这个亦真亦幻的世界里劳作。曾期望着能够种出一片"声音"来。天晃晃的，人也晃晃的。怎么说呢，百姓的儿子，想的也多是百姓的事体，并不求得到什么，只想认认真真地"种"下去。

收什么是什么吧。

1990 年

本文系中篇小说集《无边无际的早晨》序

○　●

泡"豌豆"　·····································

又到了乡下。

很随意地走走，看看，到处溜达。

在县城的小摊儿上吃点什么，在乡下的谷场上坐一坐，在河边瞅瞅洗衣裳的女人······乡下蚊子多，随蚊子走。

顺便，也看了乡村的学校。在学校里似乎没看到什么，只不过有的房子旧些，有的房子新些。学校的院墙有砖砌的，也有土垒的。土垒的院墙上，有孩子用屁股磨出的豁儿。在一个村里，见有的教室门烂着，而另一个村的校舍很漂亮。在一所镇重点中学，见过一些"回炉"的学生。一位老师说，这里的学生，半夜了还在教室里复习，撵都撵不走。

路过一个村口，见一老汉在村口放羊。听说曾是学校的校长，原来是城里人，犯错误了。就问旁人：他犯了啥错误？旁人说：学校的房塌了，砸死过学生······又有人说：也不怨他，是村里人把学校房梁上的钢筋偷走了。村人盖房偷走了学校房梁上的钢筋，刚好下大雨，房就塌了······旁人又说：也没咋他，事儿不叫干了。

听了，笑笑，又走。

一路上这里转转，那里串串，就像走亲戚一样。听人谝些闲话，走哪儿说哪儿，没有一定之规。走着，又听人说，一个村里的民师死了。那个民师很穷，死得却很富贵，全村人为他披麻戴孝。六月天一村孝白，哭声震天。人说，那村叫画匠王。就觉得这村名有意思，想去画匠王村看看。后来有了别的事，没去成。

大约又去了些别的地方，就回来了。偶尔，坐在桌前或躺在床上，会想起那个曾当过校长的放羊老汉，想到他犯的错误。这么一想，也就过去了。有时，也会想起那个民师，那个死去的民师，就觉得"全村人为他披麻戴孝。六月天一村孝白，哭声震天"，那场景让人眼湿。但这也仅仅是片刻的思绪流动，思绪不知不觉飘来，又不知不觉飘走……

后来，父亲病倒，脑血栓，瘫痪了。最初，像天塌似的，终日在生死之间周旋、撑着、挨着。这时，再想起那死去的民师，感受就不一样了。想想，作为人，自然法则是一样的，但走向法则的过程却是不一样的。不管怎么说，只要用心生活过，每一种生命过程都堪称辉煌。

一晃就是两三年。天阴了，又晴了。花开了，又落了。那个民师的死，一直在脑子里泡着。忽一日，就坐下来写《豌豆偷树》。本想慢慢写，写得平静些、淡些。不要沉重，不要故作的深刻，不要惊惊诧诧的状态。要随意、自然、本分，要有日子的流动感……然而，家事繁多，写写停停，写着写着就写成了这个样子。还是躁了。

作品得以完成，多亏河北《长城》的编辑赵玉彬。蒙他不弃，多次催促，才算完工。要不，这东西也不知会"泡"到什么时候。也许，就会"泡"得无影无踪。

1992 年

本文系中篇小说《豌豆偷树》创作谈

放逐城市的田园游子

——张宇散记

一

铺开稿纸的时候，就觉得人太熟，一些感觉的碎片纷至沓来，不知从何写起。

点上一支烟，再点上一支烟，慢慢，就浮游出了一个由头：作为一个作家，张宇是从什么时候开始走向纯粹的呢？

我看到了一只风筝，一只从山坳里放出的风筝。山是大山，一座绵延千里的伏牛山。山是博大的，博大而浑厚。不声不响的山，却潜藏着一个无边无际的"伏"字。一个"伏"字，就足以让人领略到山的力量了。

在豫西的伏牛山里，有一个叫"大阳"的村落。大阳村镶嵌在山的缝隙里，山坳里炊烟袅袅，老牛蹄碎……这就是张宇的故乡。在山坳里，天是很重的。天有九重，很重很重。

天压下来的时候，山悄悄地接住了。山接得无声无息。山在天地之间撑出了一道宽宽的缝隙，于是就有了一层蕴润灵秀的"气"，"气"把风筝吹到山外来了。

风筝飞得越来越高、越来越远。风筝开始在文字的时间和空间里漫游，裹挟着大山的灵气扶摇直上，试图飞向广阔的大海，遨游蓝天……但风筝还带着线呢，一条长长的线拽着风筝，使风筝无论飞得多高多远，那线的一端仍拴在家乡茅屋的床头上，拴在豫西伏牛山那一抹夕阳的余晖里。

那么，又是什么时候，线断了呢？断了线的风筝，从此开始了更为彻底的精神漫游……

二

初见张宇的时候，也都还年轻，现在已都年过不惑了。想来，一天一天的，时光很"费"人呢。

记得，第一次见张宇，是在太行山的一次笔会上。那次笔会我迟到了，好像是半下午的时候，我独自一人，走在铺满阳光的山街上。山里人很少，街面很静，走着走着就不知该往何处去。正踌躇呢，忽见一行人从山街的另一头走过来。其中有我熟识的，心中一喜，忙上去打招呼。握手间，觉得眼前一灼，只见三五人中，站着一个小白净子。他中等个头，精精神神地穿一件米黄短袖衫，模样笑笑的，很文秀。目光呢，聚聚的，很猫。说话间，他大大方方地伸出手来，不等介绍，薄薄的嘴唇一拼，送出两个字："张宇。"——很大气呀！

那是一次很成功的笔会，曾给我留下了极为深刻的印象。在那次笔会上，我们一大帮文友白天各自在屋里改稿子，夜里就聚在一起神聊。那时有个说法叫"碰构思"，大家聚在一块儿一夜一夜地"碰构思"，"碰"得十分兴奋。记得张宇谈的"构思"最多，像山里红一样，一串一串的，叫人好不羡慕……

说起来那时候还是年轻，一个个谈起文学来"挥斥方遒"啊。

那是夏天，天太热的时候，我们在午后常一群一群地到山溪里洗澡。那水从山上蜿蜒流下，从山上冲下来许多大大小小的馒头石。水是活的，光滑的馒头石一窝一窝，也像是活的。

我们赤条条在溪水里泡着，惊叹大自然的奇迹。就是在那里，张宇提议说，我们这帮人回去后，每人以"馒头石"为题写篇文章，小说也行，散文也可。大家纷纷附议，相约一定要写。然而，再见面时，说起这件事，张宇说，他写了。——也只有他写了。

此后就相熟了。那时张宇还在洛宁县文化局当创作员，我也才刚调进省城一家刊物当编辑。开会或不开会的时候，就常见张宇背着稿子到郑州来。那时他已写得红火了，见了面总是说"交流交流"。当时，张宇的口头语就是"交流交流"。无论在省城郑州，还是在外地，他一个作家一个作家地"交流"。在这个阶段里，他吃掉了许多书本，也吃掉了许多作家。他的"交流"，是绝对的"平等互利"。他把"交流"当作一种相互的思维碰撞和点燃。当思想的火花被点燃之后，他十分地"较劲"。那双晶亮的眼睛一眨一眨的，把他最新的阶段性的思考连珠炮般地亮出来……

这个阶段的张宇，思维上的变化带动了创作上的变化，他不再给人说"构思"了，他认为"构思"是一种制作，他已经开始从制作走向了生活本身。

这个变化也反映在他的口头语上，无论本省或外省的编辑找他约稿，他不再说"交流交流"，而是说："我给你谈一个素材……"在那个阶段，他频繁地使用"素材"这个字眼。见了刊物的编辑他给人家谈"素材"，见了相识的作家朋友也谈"素材"。

由于相熟的缘故，我眼见他所谈的"素材"在不断地变化，每谈一次都有变化。然后，这些"素材"有的成了他笔下全新的小说，有的还在他的言说中酝酿，或者酝酿中言说……张宇给人谈"素材"的时候，常常是声情并茂，眉飞色舞。说到动人处，他自己仿佛也成了一名听众。他谈"素材"，往往是一个、两个、三个……末了，如果对方是编辑的话，他会很大气地加上一句："你挑一个吧！"

这个阶段是张宇创作上的第一个秋天。他写得十分红火，全国各地的报刊频繁地出现"张宇"这个名字，他的作品广泛地受到好评。但是，如果说到纯粹的话，在这个阶段，张宇似乎还不能算是一个很纯粹的作家。

作为一个在山里长大的农民的娃子，大概"走出去"仍然是第一性的。在这时期的言谈话语中，我感觉到他有一种强烈的往外"翻"的意识。也许，这只是一种猜测？

三

大约十年前，我跟张宇一起回过他的家乡，那是参加洛宁县召开的一次文学会议。也就是在那次，我拿到了张宇的代表作之一——中篇小说《活鬼》。这部小说在文坛形成的影响，自然不用我多说。我想说的是，就在那次，在县城的小街上，我曾经拾到了一句话。我听见那些参加会议的文学青年（大多来自乡村）三三两两不无骄傲地说："憨子坐卧车回来了！"

憨子自然就是张宇，憨子是张宇的小名儿。在许多个乡村的岁月里，家乡人一直叫他憨子。憨子是属于大山的，在憨子这个名称里，有一种反向的大智若愚的味道，有一种"藏"和"伏"的山味。张憨子与精灵活脱的张宇是很难对上号的，反向得太彻底了。憨子与张宇之间，蕴含着一段漫长的山坳里的物质岁月和精神更新的过程。从物质意义上来说，他似乎更喜欢人们叫他憨子。但精神是需要装备的，一个精神视界大的人装备空间也要大，于是，就"宇宙"一下吧。

人在家乡，是不需要包装的。回到洛宁，憨子自然还是憨子。人们叫他憨子的时候，张宇应得很爽利，也很愉快。"憨子坐卧车回来了!"浸润着整个山城的喜悦和骄傲。我想，在这个时期，张宇的创作仍然带有很多的"志气"成分，山里人的志气。家乡人自然要奔走相告，一支笔打出一方天下，诉说的是整个豫西伏牛山的志气。

憨子确乎是"坐卧车"回来了。那时候，张宇做了洛阳地区文联的主席，地区文联有一辆"伏尔加"轿车，于是，我们就搭帮着张宇坐轿车参加会议来了。

在这次会议上，我充分地领略了山里人的"野气"和大气。我原以为只有张宇说话大气，谁知道一个个都说话大气。每天晚上，来自山村的业余作者一群一群拥进门来，向张宇讨教。说是讨教，讲起话来个个都野野的，不怯不怵。无论老的少的，无论讨教到什么时候，临走时，总要"当仁不让"地拍拍张宇的肩膀头，很大气地说："憨子，好好写呀，好好写!"张宇就谦和地笑笑，一再点头说："好好写，好好写。"到了这时候，我才明白，张宇的大气，是大山赐予的。

在山城开文学会议，自然是要去"听"山的。那次会上，张宇很自觉地成了导游。一进山，张宇就自豪地对我说："你看看，我们这儿有'气'呀……"山是静的，一重一重地静着，静出一种默然的浑厚；山间飘着一朵一朵的白云，云也是静的，静得悠远，静得绵长。但这静里，分明有一种力量从四面八方的云气里逼出来。

那天我们转着转着，就转到了一座山坳。山坳里是一条村街，村街拐角处有一片灰灰的瓦舍，走近才看出，这是一所中学。张宇说，这就是他当年背馍读书的地方。隔着街巷，书声也琅琅，分明诵读的是"两岸猿声啼不住，轻舟已过万重山……"

转过弯来，就看见了一个扛锄的乡人。乡人高挽着裤脚，两脚糊满泥巴，脸上刻了不少岁月的痕迹，面目很苍老。他木木地默默地走着。张宇突然疾步上前，亲热地跟他打招呼，递烟，说着叙旧的话。道别后才知道，他跟张宇当年是同班同学。论说年龄也才三十多岁，怎么就老成了这个样子？这时候，再看张宇，似有戚戚色，话语间也仿佛有了一种什么责任。

在山里，我走过了张宇童年担柴歇脚的地方，我也尝到了张宇砍柴时吃过的野果，我看见了腰里插着砍刀、背着柴捆下山的张宇……

就在这里，我对张宇有了新的理解。他是带着大山的嘱托走向文坛的，他汲取了山的灵气，也背负着山的重任。他走得很重。

四

既是朋友，就说得随意些吧。

在一个时期里，从感觉上说，张宇的日子滋润起来了。他一边做着一个地区的文联主席，一边写着作品，还一边为了体验生活，在老家洛宁挂职任县委副书记。虽然是三箭齐发，但这一切对精明能干的张宇来说，堪称小菜一碟。他胜任愉快，游刃有余。他领导的地区文联，很是做出了一些成绩。有了他的扶持和带动，洛阳地区一批文学青年脱颖而出，他们的作品热热闹闹地四处开花。他本人更是时有新作问世，不断有新的突破。这时的张宇，自然会有一种"好风凭借力"的滋润，这感觉是从话语中带出来的。那会儿，他常常坐着那辆"伏尔加"来郑州开会。见了面，也常常随口聊一些很"本位"的事情。口气呢，也不知不觉有些沾沾自喜。当然，这"自喜"在某种层面上，是有着一定境界的。

这是人生的骄傲，任何人都一样的。

很快，后来的日子里，张宇不再提那些很"本位"的事情。他把这一切化作生命的体验诉诸文字后，就再不提那些事了。那像一个"壳"，像盔甲一样的"壳"。他扔掉曾让他自喜的"壳"之后，他的话语很净。

张宇的变化很明显，在这一阶段，他的创作达到了一个新的层面。思维的深入、精神的变化，带来了创作的变化。这时的张宇，开始在精神上进行自我解剖。他认为自己极需要"穿越"和"俯视"，这是文学的命题。面对这个命题，他发现必须丢掉一些东西，才能获得自由。他要面对的，其实是人生的重大选择和抉择。

张宇的人生道路也曾坎坎坷坷。最初从山里走出来时，他在洛阳的工厂里当工人，后回到洛宁县广播站当记者，然后是文化局的创作员，直到出任地区的文联主席。他这么年轻，已算是一站了，即使在一个地区，也是凤毛麟角。这样继续走下去，也许慢慢就可以把"官"熬大。这不正是家乡父老所希望的，也是他所背负的大山所希望的吗？在一个官本位的环境里，一棵树毕竟会有一方阴凉……说来，一只从大山里放飞的风筝，"线"始终就在那里拽着呢。一个物质的人和一个精神的人，常常是分裂的。但张宇是清醒的，他知道自己面临的是怎样的选择，也知道他将失去什么。张宇还是太热爱文学了，当想清楚他的文学事业需要"距离"、需要"穿越"的时候，他辞去了地区文联主席的职务，决然调到省城来做一名专业作家。

这几乎是一个终极选择。

五

省城的生活，对于张宇来说，是一种"客居"状态，也是一种接近于面壁的状态。在这里，张宇成了一个精神上的漂泊者。

刚来时，没有房子，家也没法搬来，他独自住在文联的招待所里。中午时分，常见他一个人端着两只碗去小饭厅打饭。一碗米饭一碗菜，热热凉凉的，吃了就了。有时到他房间里小坐，又发现张宇是独立生活能力极强的人。一次，见他在擀面条。我们河南人都爱吃面条，他自己和面，自己擀，切出来也是薄薄长长的。我惊奇地问："张宇，还有这一手哪？"他笑笑，仍是很大气地说："这不在话下。"又一次，见他在包饺子，也是自己拌馅，自己擀皮，自己包，捏出来的饺子有模有样。人灵性，生活也就细致。他一个人住招待所，也不见有谁帮过他，但走出来衣着总是整整齐齐、干干净净，显得很利落。张宇说，他很早就离开了家，在工厂当工人，一直过的是单身生活，做饭洗衣是常事，习惯了。张宇是男子气很重的人，在他的"习惯"中，是不是也有些无奈呢？

更多的时候还是谈文学。谈他正在写或将要写的作品。说起什么来依然"较劲"。

若是有了分歧的话，对面那个人就不存在了。这时候就看不到人了，你看到的是一个思想的亮点，一个在碰撞交织中盘旋而上的亮点，那亮点恶狠狠的，一层一层地剥蚀，一层一层地穿透，短兵相接，刺刀见红……而后就静下来了，静出一种兴奋后的疲倦。这大约是张宇最为愉悦的时候了。当思想的武器刀枪入库之后，张宇又是笑笑的，笑得很猫。

回想起来，那些交谈很奢侈呀。

秋天来了。秋天的省城，颜色非常单薄。满眼看到的，都是一格一格的楼房。就在这个秋天，张宇分到了房子，家也搬来了，张宇开始了城市的"固定"……

对于一个个体意识很强的作家来说，家是可以固定的，精神却无法固定。精神是躁动的，精神需要游走。这是张宇在创作上交换视角的阶段，是精神剖解和回视的阶段，也是物质框定和精神漂泊相容相斥的阶段。

这一时期的创作，张宇进入了对生存状态的研究，开始了城市和山村的远距离对话。在生活上，他试图进入城市家庭生活的框定。框定是需要磨合的，框定也需要时间。那时的夜晚，他常一个人跑出来，在城市的缝隙间到处游荡。这是一个二律背反，一方面是曾经滋润他的大山的追索，另一方面是城市化生活的框定。舍弃是困难的，进入也是困难的。不时见他在院里一家一家地串，仍然是大气地笑着，略含一点苦涩。

精神是不可能进入凝固状态的，所以也只能是"客居"。好在是"客居"，"客居"状态是适合创作的一种状态。那么，有没有走失的时候呢？那也是有的，人人都有。一个漂泊中的精神寻觅者怎么会不走失呢？好的是张宇手里有一支笔，他紧握着这支笔。

六

说张宇，应该说一说张宇的语言。

张宇有两种语言，一种是日常生活中的语言，一种是进入文学后的语言。

在日常生活中，张宇为人热情，也有山里人的侠气和猴气。待人接物中，张宇出语大方，机智，幽默，富于感染力。他是很愿意说人好话的，他会说好话，也善于说好话。只要见了人，他都尽量说好话，一律是好话。出差在外，无论人家问起谁，他都是一串好词儿。他得体的好话就像是包裹着善意的礼品，随时进行批发或零售。业余作者、文学青年上门找他请教，他总是给予很多鼓励，赠送很多安慰。假如那人把话说差了，差得很远，他也还是很仁慈地笑笑说："你的意思已经接近了，很接近了……"若是碰上很有潜力的业余作者，他时而会把话说得很过头。他常到编辑部推荐业余作者的稿子，进门就说："不错，这篇不错！"

然而，一进入文学就不行了。一旦进入真正的文学作品，张宇就变得非常苛刻、吝啬，非常的不饶人。这时的张宇，几乎吝啬到惜字如金的程度。他那些好词儿仿佛全部藏起来了，绝不溢美，想讨他一个好字都是困难的。无论是真正关于文学的对话，还是将其诉诸文字，张宇都是非常残酷的。那是一种很冷峻的残酷，一种关乎使命的残酷。这时的张宇变成了一个审判中的法官，一个冷眼透视"存在"的、文学上的"高老头"。在这个层面上，一就是一，二就是二，一和二是用文学的标尺量出来的，没有仁慈，没有宽恕。

文学中的张宇，彻底丢弃了圆润，丢弃了做人的技巧。在张宇眼里，文字是神圣的，文学是神圣的，是用血肉喂出来的。喂养文字只有一种原料，那就是真诚。在这一时刻，他是裸露的，是不怕得罪人的，也不怕得罪自己。他用笔建起了一座剖解人性的实验室，他的笔紧紧瞄着"存在"下刀，拿出的是一张张人生的切片。常常，张宇采用第一人称，他似乎首先对准的是"我"。他把"我"的心、肝、肺一刀一刀地划开，血淋淋地划开，暴晒在阳光之下，从中提取沾染了人类细菌的切片。这时的"我"其实已经不是自己了，那是一种生命状态，是一个有人生典型意义的灵魂，是活的标本。标本中的"我"是全裸的,没有"裤子",连一条"裤衩"也不要。张宇在文学中把"我"全部撕开,为此甚至引起误解也在所不惜。

当然,从张宇的创作总体来看,他在作品中所施与的爱意还是大大多于鞭笞,那自然是超越具象的人类之爱。

七

张宇的入定是从闲适开始的。

在创作上,他很忙。他手中的笔不断地调整,不断地变化,不断地背叛。从剖解人生,抒写生命,到走出智慧,切入存在……在具象的社会生活中,他又很闲。这么些年的城市生活,眼前的热闹已经不能触动他了。仍然是"客居"的状态,却进入了淡泊和宁静。这一忙一闲,就有了一种精神上的定位。文学创作是个体劳动,他踏踏实实把自己定位在个体劳动者的位置上。这是精神层面上的劳动,是精神升华的劳动。身处其间,精神的人在上升,物质的人在沉降。没有虚幻了,他不要虚幻。张宇说:"咱们都是个体劳动者,创造性的劳动可以产生愉悦,这就很好,挺好。"

再次搬家后,张宇住到了远离文联院子的地方。他住的六楼,外面很热闹是不是?外面商潮滚滚是不是?张宇却自愿把自己"囚"在六楼上,听风,观潮,笑笑,而后转过身去,一笔一笔地写。他说:只有钻透形而下的洞穴,穿过形而下的万水千山,才能看到形而上的曙光。

他忙时很忙,闲时也闲。创作之余,张宇会骑上一辆破自行车,晃晃悠悠穿街过路,来文联取信件拿报纸。顺便呢,也找人下象棋。张宇好下棋,有时在锅炉房,有时在司机班,有时干脆就蹲在街口,下棋。张宇下棋很刁，赢的时候多，输的时候少。有时眼看要输了，棋没救了，他还在下。走着走着，他巧妙地对一个车，棋又和了。

更多的时候，张宇爱摆弄盆景。他收集了许多枯树根。这些树根有的是从花卉市场买的，有的是他跑到郊外的集市上挑选的，还有从山里挖到的。树根弄回来，他一盆一盆地嫁接、培育，做出各种造型，然后让枯木复活，在瓦盆里种出大千世界。家里来了朋友，张宇会领朋友到阳台上看盆景，如数家珍。

写东西累了，他就到阳台上看他的盆景，喃喃道："又长出一片绿叶……"

1995 年

○　●

牵挂　· ·

　　记得是三月，为探望病中的父亲，又回到故乡那座小城。那是一座古老的城市，说起来也有上千年的历史了。下了车，走到街上，就觉得这城市是一天一个样，日见鲜丽了。大街上到处都是颜色，到处都是广告，到处都是声音，铺天盖地地烧眼。

　　走过林立的广告牌，来到父亲住院的那家医院。医院旁有一间公共厕所，在这里，我看到了一张熟悉的面孔。那是位老人，老人在厕所边的小桌旁坐着，他正在向进出厕所的人收费……我怔住了，我熟悉他，他是我熟悉的一位师傅，一位远近闻名的师傅。

　　他坐在那里，很平静地对从厕所里出来的人说：同志，你还没交费呢。那人说，小便也要收费？他说：小便一毛，大便两毛。他微笑着跟人说话，仍然是很谦和的样子。他原是我们厂里的七级钳工，一根长达一米的轴承，公差零点一毫米，他仅凭肉眼就可以校正。在厂里干了几十年，上上下下的人都非常尊重他。

　　这时，他看见了我，笑道：回来了？我说：回来了。看着他苍苍的白发，我问：厂里……怎么？他笑了笑，说：开不下支了。说了，就再没有话。没有埋怨，也没有牢骚，淡淡的口气，淡淡的神情。我看着他，一时心里涌上了许多感触。

我在老人身上看到了一个"活"字，我从他平和的脸上看到了自重和自尊。这是一个小小的"活"字，一个平平淡淡的"活"字。很多人穷其一生都在追寻那个"大"，而在这里，在这位守着公厕的老工匠身上，我看到了一个静静的"小"。

而就是这个"小"，让我感受到了一种宠辱不惊的尊严感。

这种感受，触动了我，让我牵挂在心。这是我写《学习微笑》的最初冲动。

很久了，我一直"漂"在这座省会城市。我常常觉得我不属于这座城市，它距离我很远，我时常感到很孤。顺一些文字出来，也是给自己暖路。

人，是不可超越过程的。人，也是在一次次经历中成长的。时光日日新，人一天天旧。可只要活着，就好好活吧。

1996 年

本文系中篇小说《学习微笑》创作谈

生命的呐喊

——感觉正渠

闭上眼睛，屏住呼吸，而后把心灯拨亮。

那么，便有一团一团的颜色向你走来。那颜色是黑的，黑得浓重，黑得亲切，黑得无边无际。在黑里，跃动着一抹一抹的炽热，一坨一坨的凝固。那黑用心去舔破，便会渗出红来，那红是老酒酿的，烈；那黑用心去舔破，也会渗出黄来，那黄是风在岁月里洗出来的，皱；那黑用心去舔破，还会渗出蓝来，那蓝是时光一日一日磨出来的，闷；那黑用心去舔破，甚而会化出白来，那白是老石磙碾出来的沉……慢慢地，你就化进那黑里去了，就像是在家乡行夜路，那黑就在你身边游走，你会觉得那是家乡的夜气。在夜气里，有生命扑出来了，是生的精灵，一个，两个，三个……那是一些呐喊着的生命，是一些呼叫着的燃烧，是植在大地上的野唱。这些生命是由一重一重的大山托起的，山是看不见的，可山就立在他们的后边，山是生命的底衬，是山给了他们骨骼。于是，骨就成了画的本质。

站在段正渠的油画前，叫人震颤的就是这些活的黑。这是我的感觉，也只能是感觉了。

　　我跟正渠接触并不多，寥寥的几次。就从画中读人吧。怎么说呢？从表面上看，人是静的，白面，看上去多是沉默的，还略带一点点羞涩；鼻梁上架着那么一副温情的眼镜，镜片后的目光也仿佛平和；话也不多，就悄悄地坐在那里，一副恭顺的学生模样。然而，那画中的目光却是炽热的，是喷吐的岩浆；那画中的语言冲天而起，是吼出来的，狼嚎一样，是可以杀人的；那画中的心是硬的，血淋淋的硬；那画中的手是野性的，充满暴力，仿佛随时都可以把一罐热血摔出去。这应该是一个生活中的"叛徒"形象啊！这是对框定的背叛，对平庸的背叛，那反叛是义无反顾的，是一执到底的。为了走出平庸，他可以剖开生命，举出一团心的火焰！他可以化为灰烬，而绝不苟且。这么说，人脸是多么可怕呀，它是有一定欺骗性的。正渠，你叫人防不胜防啊！

　　你是秋天生的吗？或许，是夏的末尾？从画里看，这里折射着一种斑斓和绚丽，一种糜热和躁熟，一种与生俱来的对色彩的感悟，这应该是上天赐予的。从简历上看，你1958年出生在河南偃师的乡村里，那是一个沾有泥土气息的书香门第。那么，当你来到世上的时候，睁开眼睛，你都看到了什么呢？是秋熟的大地、无边的原野？还是疯长的植物、赤红的阳光？你一定是闻到了露珠在草叶上的滚动，闻到了荡在热土里的甜腥，闻到了生命交合的热烈，闻到了万物繁衍中的色和光的斑斓。那应该是时间在四季最亢奋的时期，也是生命信号最为强盛的时期，那记忆的烙印一旦进入，就会终生定格。还有山，山是你生命的底衬，你命里是有山的，山就在你的背后。那连绵起伏的伏牛山将给予你雄浑和博大，同时也给你一个"藏"字。山的外在是"大象无形"式的浑厚，内里却是含着杀机的。在伏牛山上，让人时时会想起"于无声处听惊雷"这七个字。看这个"藏"字吧，上边是草，草伏在上边，下边隐着的却是"刀枪剑戟"。这就是伏牛山给我的印象。那么，在东方式的外壳里，包装的又是怎样的一个生命呢？

在正渠的童年里，古文化的浸染自不必说。他出身于书香门第，父亲是旧时师范的学生，又是一所乡村中学的校长。我想，那可能是一些烙饼卷字的日子吧？也难说。他的时间，是那样开始的——1958年，一个遍地烽烟的年头。在那样的日月里成长，我似乎闻到了一股红薯的气味。正渠的童年里应该有一股红薯的气味，他的童年是在"红薯文化"里泡出来的？也许。我仿佛看到了一幅画面：一个孩童，手里捧着一只小木瓯，木瓯里盛着一两块红薯。他满嘴嚼着红薯，蹲在大人们的腿旁，仰着小脸，瞪着两只小圆眼儿，正在听大人讲古……他的身旁会卧着一只老狗吗？这是猜测了。但是，我仍然固执地认为，正渠画里的英雄情结，以及他生命中所包含的那些侠肝义胆成分，是从童年开始的，是从源远流长的"民间文学"里泡出来的。但他仍然是一个"叛徒"，这是一个在传统文化里长出来的"叛徒"的芽儿，正是那些民间文化给了他养分，同时也给了他叛变世俗生活的动力。在那些点着油灯的夜晚，在那些大月亮地儿里，究竟大人们给他灌了多少朝朝代代的兴衰，多少可歌可泣的生生死死、恩恩爱爱呢？我想，早在童年，在一个小小娃儿那朦朦胧胧的意识里，就有了"杀出一条路来"的豪迈信号。

不过，作为一个传统生活的叛变者，仅仅靠古文化的浸染显然是不够的。那背叛之力如此强大，它究竟源自何处呢？我不由得突发奇想，是否早在他的幼年，他那弱小的心灵曾经受到过无端的戕害；在他的童年里，也有过"黑色的星期六"，以至于烙印如此之深刻？这也只能是猜测了。

不管怎么说，时光推出了一个叛变者。

好一个"叛徒"啊！

"叛徒"在十八岁那年告别了乡村，这是连根拔起吗？

正渠在十八岁出门远行。据说，他是揣着一本破旧的《传奇故事》上路的。走在乡村的土路上，正渠没有回头，他甚至忘记了父母的叮咛。从伏牛山吹来的风抚摸着他年轻的脸庞。他身上很热，是血热，是少年的血在沸腾。应该说，正渠怀里揣着的并不是一本具象的《传奇故事》，他揣着的是一个"走"字，是一份背叛者的豪迈，是家族一代一代背叛者遗传下来的"反叛"基因。遥远的异地在向他召唤，未知的一切在向他召唤，于是，那步子就显得有些急促。他的心狠狠地在喊：走啊，走！

正渠走在路上，大自然在他的眼中发生了变化。是秋在为他送行。秋把颜色铺陈到了极限，光和色铺天盖地而来，那日头突兀地火红，红薯田弥漫着连天的油绿，玉米地的黄叶发出尖锐的呼啸，雀儿的灰羽一片一片地亮旋在刈过的谷地上，执着地书写着渺小的顽强，乏了的大地静出漫向久远的沉默……当然还有那一抹一抹的粉红，那是回娘家的女人。当然还有带水音的棒槌声，那遥远的一橐儿一橐儿就像是生的歌谣。老牛的"哞——"你听到了，那一声长哞是与时间并行的。它要挽留什么呢？走了，还是走了。单凭这些是留不住"叛徒"的。这些不过是打印式的，是瞬间的记忆打印，是舔哪——是记忆匆匆舔下了颜色，是记忆舔下了线条。记忆在离开时打了一个小小的"结"，那是对十八岁的情感小结。这些都还是懵懂的、未经过精神修饰的。然而，在以后的时光里，它都将成为一个画家的感觉底衬。

这是一次生命的跳跃。尔后就是一个满身红薯味的青年开始啃"洋面包"的日子了。

正渠首先考上的是河南省戏曲学校的舞美班。接着，在毕业之际，他又考上了广州美术学院的油画系。南国的熏风沾有罗浮宫的气味吗？我想，这时的正渠是傻了。面对世界油画之林，他一下子晕头转向了。到了这时候，他才知道，除了"俄罗斯""列宾"之外，世界上还有那么多的高手，那么多的名画！那么多的……那么多的画派，那么多的画风，那么多的主义……颜色与生命竟然会有那么多令人震惊的组合方式！

往下就是吮吸了。是拼了命的吮吸，是大口大口的吞咽。各种风格、各种流派的油画在他那里全都成了"洋烙馍"。在南国的美术学府里，人们发现这个来自北方的青年有着惊人的吞噬力。他简直是张开所有的毛孔，去吸食那些艺术大师的精髓。只见他在不停地画，不停地画，不停地画……后来，也只是到了后来，人们才发现，他在一个时期内情有独钟。

是呀，他渐渐地喜欢上了法兰西那个老木匠的儿子，那个在玻璃作坊里当过学徒的鲁奥。这个象征派画家莫罗的得意门生，有着无与伦比的、令人心灵战栗的油画语言。他的画色彩层次浑厚丰富，形体简化而有庞大感。他对色彩和粗黑线条独特的运用，让人产生一种陡然的惶恐。特别是他对人类苦难乃至人类崇高的理解，让那些弱小的心灵看了简直无法承受。

贴近鲁奥是需要勇气、需要定力的。在南国，有一个北方青年正在向他走近。这个北方青年的血是热的，心是硬的，在这里，正是在这里，正渠找到了童年感觉的对应。他是那样地喜欢鲁奥，也正是在鲁奥这里，他找到了精神的契合点。如果仅仅是对人类苦难的描述，是不能打动正渠的；更为重要的是，在鲁奥的油画里，有一种对人类崇高的惊人理解。这二者结合所产生的精神轰毁，才是征服正渠的根本所在。那么，这个来自北方的虔诚学子，当他匍匐在鲁奥的《基督徒夜曲》前时，都想了些什么呢？

这里有一种生命的贴近，有一种对大地的深刻理解。在人类苦难的上方，是有亮光的，圣洁和肃穆是高悬在人类苦难之上的一盏明灯，是不是呢？

当然，进入鲁奥和走出鲁奥都是需要时间的。

四年的大学生涯很快就过去了，正渠又从南国回到了北方。在这段时间里，正渠画了大量的作品。他的这些初期作品一开始就显露了极高的悟性和坚实的艺术功力。然而，在读这些初期作品时，我们也会闻到一股毛玻璃的气味……这是鲁奥给予的吗？

陕北应该是正渠艺术生命的亮点。在走向高原之前，正渠是痛苦的，那是一种才华失去依托的痛苦。他苦苦思索着，寻觅着，似乎还没有找到他的燃烧地。他偏爱表现主义，可他知道，他缺乏的却是"表现"的基点。那一罐沸腾的热血将泼向何方呢？久久之后，在冥冥之中，上苍在召唤他了，他感觉到了上苍的召唤。他的心在说：走啊！

1987年3月，正渠踏上了奔赴陕北的路，这是他首次去陕北漫游……一到陕北，正渠就醉了，我想他一定是醉了。在蓝格莹莹的天底下醉了，在一望无际的黄土峁梁上醉了，在苍凉肃穆、博大雄浑的滚滚落日前醉了，在那含着滴血人生的"信天游"里醉了……在那些摄人魂魄的酸曲儿里，他看到了岁月的古朴，看到了时光的庄严，看到了生命的辉煌，看到了高高举起的一张张人脸……他匍匐在高原上，忍不住热泪盈眶。他说：天哪，这正是我日夜找寻的！

在陕北，他如醉如痴地四处漫游。他去了绥德，去了米脂，去了佳县、榆林……他与高原对话，与落日对话，与铺满苦难的窑洞对话，与那一豆一豆的油灯对话，与那风黄了的月光对话，与那红红的辣椒串对话。陕北高原的山曲曲成了他的精神浴盆，他的艺术人生在这里得到了隆重的洗礼。这是一种本质化的贴近和灵魂的对应，也是一种精神声音的种植和救赎。于是，作为一个画家，他的绘画语言诞生了。

有人说，那幅《山歌》是他第一次真正的呐喊。在这幅画里，在一片黑色之中，我却独独看到了亮光。那亮光是一声声喊出来的，在那一声声的哑唱里，我看到了生的亮光。在久远之中，在漫漫的黄土峁梁之上，凸显的是生的顽强，是抵抗的激烈。这幅作品虽然仍带有鲁奥的影子，但在精神层面上，也是与鲁奥分离的开始。鲁奥表现的是人类苦难的精神救赎，那圣洁之光是来自上方的，在鲁奥那里有一种在承受中等待的宁静；而在正渠这里，着力表现的却是一种生命的自赎，那亮光是来自心底的，是挣扎中的呼叫，是自我燃烧中的照亮，充满着悲壮的动感。

《红崖圪岔山曲曲》书写的是生命的群像。在这幅油画里，我看到了苦难中的温热。心是热的，喉咙是热的，那仅有的一豆灯光也是热的，在那热里弥漫着一股旱烟的辣味，一股汗水浸泡出来的酸腥，应该还有那带苞谷糁子气味的"嗝"，是不是呢？看看那些人脸吧，那些人脸上透出的是久远的韧力和耐性，透出的是岁月磨不去的"念想"。在无边的黑夜里，那温热成了一蓬生的火焰，火苗是从骨头缝里冒出来的，点的是自己的骨油，烧的是心尖尖上的肉肉儿，在这里透视的是生命的自燃和互燃。我想，站在这幅油画前，任何人都会感动的，那是对一种"活下去"的生存意志的感动。

才华找到了对应点，迸发就是必然的。在此后的时光里，正渠曾五去陕北。在陕北，正是在陕北，他找到了童年意识的对接，找到了强大的"叛"的咬合，找到了燃烧激情的底火，那应该是一种从血脉里带出来的"反"的弹力与苍莽大地的回应。于是，创作的高潮来到了。在这个时期，正渠一气画出了《走西口》《东方红》《婆姨》《十三里墩》《二更半》《亲嘴》《兰花花》《黄河鲤鱼》等十八幅作品。颜料在他的手里变成了呼啸的炮弹，在中国美术界炸出了一片来自北方、来自黄土高原的声音。

我个人认为，《东方红》这幅油画是生命叛变的最直接、最本质的一次体现。在这幅画的背后是有山的，是连绵起伏的大山，那一声无比雄壮的呐喊有着十万大山的回应！我想，那漫天的火红是生生吼出来的。在久远的历史长河里，在古老的黄土地上，在迟滞凝固的血脉流程中，当灵魂被压了千年之后，正渠让我们看到了，具有背叛功能的"血分子"那闪电般的一跃，那血花四溅的光辉瞬间。站在这幅油画前，即使是最懦弱的人，也会生出几分豪气来。

《二更半》则透视的是黑夜的诉说，是熬煎中的等待。这幅油画与《走西口》是对应的，是在精神层面上的对应。在这幅油画里，等待成了"活下去"的燃烧，成了焦渴中的企盼之光。在那浓得化不开的黑色里，我们看到了无边的苦难，看到了一日日生的艰辛，看到了那惊天地泣鬼神的承受。看着她你会落泪，你会心疼，你会忍不住说：鸡，你怎么不叫呢？你快叫吧，你把天喊亮，你给她一些亮光吧。可是，当你再看她的时候，你就会发现，那浓黑正在慢慢化呢，那浓黑里化出了一些温热，那温热泻在她那半张脸上，照出了万般的思念，照出了心尖尖上的恋情，一个巨大的"等"字，火辣辣地泼在了黑色之上，泼出了一片希望的彩霞！

《亲嘴》抒写的则是生长在大地之上的生命交合。那画面不是用颜料而是用辣椒抹出来的。那简直是一团燃烧的火焰，是生的火焰，是爱的火焰，是穿越漫长和久远的人生大写意，是跳荡在时间之上的狂欢。这爱是偷盗来的吗？

…………

站在正渠的油画前，你会惊诧，你会因那瞬间的燃烧而战栗，你会被那生的顽强而感动。在那巨大的"真实"面前，没有胆气的人会忍不住发出尖叫。但正渠着力表现的仍是一个"活"字，他抒写的是站立着的生命。没有死，在正渠的笔下看不到死气，这里到处都是跃动着的"活"字，是"活"的绚丽，是自燃的辉煌，那强大的生命之光是从高天厚土里、是从本真的人心里喷发出来的。这也是他最终彻底摆脱鲁奥的根本所在。

当然，一个叛变者是不会停止探索的。在正渠第二个创作高潮来到的时候，他的画里出现了一些淡淡的忧伤，出现了对历史、对时间的再认识，出现了更多的批判意味。于是，便又有了《英雄远去》之一、之二、之三、之四，便有了《节日》《天底下的歌唱》《黄河》《出门》《好雪》等一大批作品。这是他的又一次喷发，这喷发带有更多的对生的思索和理解。

在《英雄远去》这组系列油画里，那些归于沉寂和被人们遗忘的东西重新凸现在我们面前，扩大了画面的空间和时间感，扩大了对生命的凭吊意味，扩大了对人生宏观的体察，扩大了对麻木的针砭……动里出现静，热里进入了冷，这些变化使他的作品越加显得成熟和大气。

在《节日》中，生命群体在瞬间放射出了"欢乐"的灿烂。这是一个精神被点亮的时刻，是充满着希冀的时刻，也是生命的自燃和互燃对接的时刻。在这个时刻里，那磨盘一样的日子被远远地推到了后方，那沉重也被挺立着的盎然生意所化解，连那无边的黑夜也在亮光里透视出了一种温馨的柔和。也许，这是正渠对他所热爱的土地和人们的一种新的理解吧。是想让人在时光中透出一口气来吗？

《黄河》则诉说的是一种生命意义上的"活"的动态。是在激流中搏击的昂奋，是一种力的美，刚毅的美。在这里，黑云沉沉地压下来，水中的浪花在翻卷，那呼啸也仿佛就在耳畔。但你看，在激流中透出的仍是力的和谐，是动中的齐心，也仿佛有号子声响在激流之上，那亮光就在彼岸。不是吗？

《天底下的歌唱》简直就是一团燃烧的火焰，那火焰是由"念想"点燃的。那汉子的野唱是心底里爆出来的，那眯缝着的双眼，让人看到了"大活"的自信。这是一种自我意识的点亮，于是，那锁着的日子，就有了"顶天立地"的喷吐，就有了挣脱的希冀……

《出门》透出的却是一种精神牵挂。她这是去走亲戚吗？但你看呢，她的心还在家中的日子里拴着呢。蹄声"嘚嘚"地碎着，可她却有那么多放不下的事情。是牵挂着汉子，是忧心着孩子，是惦记着圈里的羊羔，还是想着一季的收成？这显然是一种"生"的盘算，是"活"的计划，是为着现在，也为着将来的一种生的思虑。走还是要走的，那就走下去吧……

还用多说吗？

一个生长在北方的画家，横空出世，用色彩点亮世界，这有多么好啊！

我为正渠而欢呼!

就这样草草收笔吧。

一个在稿纸上写字的人,站出来对一个画家进行评说,这本身是不是就很荒谬呢? 可能句句都是外行话,是废话。我惶恐地写下了这些文字,这些文字,只不过是对正渠油画的一些感觉,就算是一种纯个人的解读吧。

1997 年

○　●

神话与文学   ·······································

你谈到神话及文学中的神性。我个人认为，所谓神性，是一种创造性，是生命状态的再现形式。文学是精神的产物，只有精神层面的再生、再创造，才称得上具有神性。

这些年来，我的创作在逐渐转变。早期作品更多是对阶段性社会政治生活的描摹，接着又走向"原生态"，托出一块土地，后又试图切入"形而上"，再后又想走向"生命本质"……应该说，这些思考都是阶段性的，是一步一步往前挪，走得很慢。接近文学神性是需要精神涅槃的，我的时间不够。

我仅仅是认识到了文学语言的重要性。语言是人类智慧的结晶，一个民族的语言形态是民族历史的总汇，代表着一个民族的思维过程和思维水准。文学语言无疑应该是民族语言的先导，是精神先导，它应该是走在最前面的，应该是一种天籁之音。

我认为萨特有句话说得很好，他说：词语是永恒的，而人生则是短暂一瞬。

中国当代文学从 20 世纪 50 年代起，就试图走向神话。但那是政治神话。这类政治神话曾产生过创造力，但也是一种麻醉剂。紧接着是神话的幻灭，幻灭带来了猛醒，之后是一连串的背叛。当中国文学经历了物质饥荒和精神饥荒后，从空中落到了大地，开始走向生活。丢掉幻想、走向平庸后，是一种普遍的跌落和下滑。文学的表现形态变了，而内容未变。如伤痕文学、反思文学、改革文学等等。后来就越走越远了，开始呈现多种形态。一种是走向生活本身，彻底进入具象；一种是进入"根部"，进入批判性"回寻"；一种是走向"壳"，走向包装。总体来说，中国当代文学走向了多元化。作家的思维开始呈多样性，加之受外国文学的影响，文学出现较多新的外壳，但尚未触及人的"再生"。在中国历史的不同时期，人的灵魂都经过冶炼。早期文学中支撑民族精神的神话，表现苦难中人对美好事物的向往，中华文化五千年来未能毁灭，那些世代相传的神话确实起了作用。

我想，文学与神话的共同之处在于二者都是想象的产物。想象驱使写作者将社会生活很实的部分变为一种虚构而非伪饰。在作品中结构一个村庄、一方地域，将自己对社会生活与文化传承的思考放进创作中，让作品中的人物成为代言人，演出或说出生活的状态和形态。创造愉悦和愉悦的质量、档次，则取决于创作所体现的思想是否有神性。即除了语言的神性外，是否有思想的神性，是否使之超越具体写作的操作性痛苦。这样的作品不仅对于一个民族，就是对于写作者个体的人格自我完善，也是非常重要的。

说到东西方文化的差别，我认为首先是思维方式的差别。

　　长久以来，广大人民一直在饥寒交迫状态中生活，所以这个民族大量是一种集体意识或集体无意识，很容易走向具象目标，比如西天取经，取到经是一种结果。《水浒》《三国》的忠义结局，也是现实生活中善恶价值取向不明显，而将之寄寓神话想象的表现，是以结果为目的的。中国精神向外走，而西方则是强调个体精神的，取向是向内的。西方语言的字母符号化，要求表达的准确性。而汉语因其象形、会意特点，表达呈模糊、修饰状态，充满多义性，通常语言处于掩饰状、掩盖状。词语作为思想的表达方式决定了文学作品中西不同的走向。所以中国很少有单个的思想，文学作品表述的多是群体思想。所谓神性，比如《三国》《水浒》，也是集体的神性，而没有个人的神性。这是东西方文学比较明显的差别。

　　中国和拉美在民族集体神话的文学表述上，有接近的地方。

　　初读马尔克斯的《百年孤独》，是相当震惊的。我们同属长期被奴役状态的民族，连童年的玩具也极相似。比如其中拉磁铁的情节，与我们小时推铁环的感觉是一样的。

　　拉美从愚昧落后到一步步殖民化的幻灭感觉，与我们近代有很接近的地方。我们是沉默的民族，他们也是。《百年孤独》对民族精神的思考，实际上体现的是民族的、集体的孤独，而不是哪一个人的孤独。其中透视出对民族过去、现在、未来的思考。这一点与中国作家非常相像。但拉美在殖民化过程中，受西方文化的影响与熏陶，加之特定气候、地域等本土文化因素，拉美文学在意识上走出很远，他们穿越历史、穿越具象的能力是超过中国作家的。

　　《百年孤独》开篇第一句至今难忘："多年以后，面对行刑队，奥雷良诺上校将会想起童年时父亲带他去看冰块的那个遥远的下午。"这是一种非常大的潇洒，非常大的穿越。一个人面对死亡时想起童年的事情，这种叙述方式、思维方式，带来的是对历史的穿越，对生命整体的观照。

我感觉观念的新旧不是主要问题，一个作家不存在观念新不新的问题。作家需要的是视角、语言、思维，而不是观念。比如"伤痕""反思"文学中观念在某个阶段是新的，现在看来就不免带有阶段性的认识局限。因此，它的"反思"也是阶段性的"反思"，而不是历史总体的"反思"。长期以来，文学在喷发时没有装上炸药，而是安上了滑轮，所以，一直是在阶段性的层面上滑动。

你刚才讲到当代文学想象力匮乏的问题，的确如此。我认为问题是两方面的：一是由于"政治神话"的幻灭，作家所具有的浪漫主义精神已经荡然无存。而产生"神话"，是需要浪漫主义精神的。当代文学在特定时期那种"撕片云彩擦擦汗，对着太阳点袋烟"的想象力，留下了很深的心灵阴影。后来，在小心翼翼的反思过程中，作家的想象力实际上被大大削弱了。碎了的精神很难东山再起。而新时期崛起的年轻作家，由于西方文学信号的大量输入，可以说是吃洋面包长大的，但又没完全消化。这代作家没有经历过"政治神话"的熏陶，一开始面对的就是平庸生活的全面下滑，走向新写实，走向原生态，兴味于剖露、变形、压抑心理的表现，用西方的创作手法，形成了光滑的"壳"的艺术。总体来看，这是一个缺乏浪漫主义精神的年代，是实用主义猖獗的年代。或许过一时期，中国会产生新的浪漫主义精神。前些时，张承志提出了"清洁的精神"。这一提法是"形而上"的，可惜最后落在了很具象的土壤上。他选取了一些如荆轲的例子，这样的例子是对历史反叛精神的回寻，而不是再生和重铸。他文章最后落在对目前现实的不满，这是很可惜的。我觉得"清洁的精神"是一面很昂扬的旗帜，但遗憾的是插在了这样一堆东西上面。二是我们很多作家的创造性表现为对伤痕的回舔，精神上是徘徊、抚摸状态，是自我调整性的、活血化瘀性的。知识界未有独立意识，自我表现、个人膨胀、小个体化随处可见，却一直未有思想的大个体化，未有独异全新的精神走向。

基于此，构建与这大走向相关的文学神性，或说是"神话式"文学，是非常必要的。

1996 年

本文系李佩甫、何向阳对话《文学与人的神话》节选

○ ●

一种植物 ·······································

"败节草"来自家乡。

在平原，有一种最为低贱的植物，那就是草了。

当你走入田野，就会看到各种各样的、生生不灭的草。它们在田间路旁的沟沟壑壑里隐伏着，你的脚会踏在它们身上，不经意地从它们身上踩过。它当然不会指责你。它从来没有指责过任何人。它默默地任人踏、任人踩，却异常顽强地随处生长。

在乡下日子久了，你会认得一些草。比如，那种开紫白色小花的草，花形很小，小得可怜，它的名字叫"狗狗秧"。比如那种叶儿稍稍宽一点，叶边呈锯齿状的草，一株也只有七八个叶片，看上去矮矮的、孤孤的、散散的。它的叶上有一点小小刺儿，仿佛有一点自我保护能力似的，可一脚就把它踩倒了，它的名字叫"乞乞牙"。比如说，那种开黄点点小花的草，那花小得几乎让人看不见，碎麻麻的，一点点、一点点地站在那里，它给你的第一印象就是轻视它，这种草叫"星星草"。有一种草，看上去是一丛一丛的，丛芯里长着一些绿色的小苞苞，它的身形本就很小，自顾不暇似的，可丛芯里却举着那么多的小蛋蛋，这种草就叫作"小虫儿窝蛋"。再比如，有一种草是暗绿色的，叶面软塌塌的，很疲弱的样子，那绿也是往暗处往灰处走，没有一点光泽，这就是"灰灰菜"了。"马齿苋"一身油绿，叶片圆小厚实，看上去油汪汪肉乎乎的。它茎秆伏地，伸出来一脉淡红，那红很宽和，不暴。"驴尾巴蒿"穗头很长，下垂着弯成弓形，叶儿是条状的，茎儿弹弹的，总像是弯着腰，不敢抬头似的……

在平原，阅过这些草的名讳，你的心就会为之一动。你会发现，平原上的草是在"败"中求生、"小"处求活的。它从来没有高贵过，它甚至没有稍稍鲜亮一点的称谓。它的卑下和微不足道，它的渺小和贫贱，都是看得见摸得着的，是显现在外的。那一株一株的活，那一丛一丛的生，是经过时光挫磨，经过风霜雨雪历练的。

"败节草"取自平原万千草类中的一株，它生长的过程与这里的土壤是有着密切关系的。天地很大，长在平原，一株草怎么能支住天呢？于是就有了各种各样关于"活"的道理。世间的活法有很多种，这算是其中之一吧。

说来说去，这只是一种植物。

1998 年

本文系中篇小说《败节草》创作谈

○　●

带豁口的月亮　·······························

那天晚上的月光是打了补丁的。

二十五年前的那个夜晚，小安、小增和我三个百无聊赖的知青，一块儿去邻近的村落里看电影。电影的名字已经记不住了，只记得幕布上花嗒嗒的，有人影在动。那场电影看得很不顺心，因为小安的脚被人踩了。在偏远的乡村，放场电影极不容易，所以四乡里的百姓都要来看的，人很多。乡下的电影是站着看的，人一多，挤挤搡搡的，不免就出一些事情。于是，小安的脚被人踩了。那时从城里下来的知青，二十啷当岁，身上都有一种说不出来的躁气，走出来身上的血乱蹦，一个个都刺刺儿的，总想跟人打架。小安的脚被他身旁的"黑大个儿"踩了一下，两人吵了几句。他比小安整整高了一头……小安说，他还骂我！

而后小安就问我："打不打？"

那时我已是整劳力了，有了一点点职务，叫队长，是知青队的队长。在五里地以外，我们那个"知青点"里，有六十多名知青一个锅吃饭。有的时候，我也敲敲钟，说一些什么话，这就是队长。我抬头看了看黑压压的人群，怕是有上千人，而人群中只有我们孤零零的三个，我有些怕。可我不能说我怕，我淡淡地说，看完电影再说。这其实是一种推辞。那时，我已学了一点点狡猾，我是怕万一出了事担责任。我是队长，平时若没有事，狗球不是，出了大事，那领头的就是我了。

那天晚上，我一直希望着小安能把那个"黑大个儿"忘了。我期望着电影能分散他的注意力，等到电影一完，人哄地散了，上哪儿找他呢？可小安根本就没好好看电影，他一直盯着那个"黑大个儿"呢。在长达一个多小时的时间里，小安身上就像长了虱子一样，一直不停地在扭动，扭得人心焦火燎的。终于，电影散场了，那黑压压的人群立时像水一样流向四方……就在这时，他们两人迅速地向我靠拢，小安、小增，在黑暗中，目光如炬，几乎是同时问道："打不打？"

这时候，我已经被挤到了死角里。电影已经散场了，再没有推托的理由了。我如果说不打，那么从此以后，在"知青点"里，我就威信扫地了。二十五年前，面子还是很要紧的。于是，我问："你能认住他吗？"小安激动地说："能！他背上烂了个三角口子，有块白，露着棉花呢！"

"打！"这话是我说的。

在二十五年前的那个夜晚，我咬了咬牙，嘴里吐出了这么一个字，而后我又做了些部署。我说，我们只有三个人，要速战速决……这时候，空地上只剩下我们三个人了，个个都很兴奋，是一种莫名的兴奋。说话间我们就冲向了那条洒满月光的土路。

天已黑透了。月光像是豆腐做的，很软，四周花嗒嗒的，像是在梦里一样。我们在一片月光中跑动着，很快就追上了散去的人群。在那条窄窄的土路上，一印一印地晃动着乡人的影，人们闹嚷嚷地边走路边说着话，大约有二三百人的样子。月光斜斜地照在光光的土路上，照出了一片朦朦胧胧的影子。树是灰的，干杈杈的灰；人是黑的，一动一动、一叠一叠的黑。是月光帮了我们，小安、小增很快就从人群中认出了那个"黑大个儿"，他的棉袄上烂了个三角口子，后背上背着一块白！在跑动中，小安说："就是他！"很快就是一场混战，三对一……朦胧中，我看见那个"黑大个儿"一头栽进路边的沟里了，当他从沟里爬出来的时候，我看见他栽了一脸血！当时，我心里一寒，以为同行的村民会群起而攻之。他们人多，有二三百人呢！那时候他们要是大喝一声，一起围上来，准能把我们撕成碎片！

可那天晚上的月光是沉默的，那也是我有生以来第一次看到月光的豁口，月光就像是被咬了一口的烂黄瓜，就烂在了"黑大个儿"的脊背上！村民也是沉默的，走在那条土路上的村民迅速地四散开去，一言不发。我们追到哪里，哪里的村民就成了沉默的羔羊，很快就躲到一边去了，没有一个站出来帮他。就这样，我们三个"狼崽子"就像冲进了羊群一般！在那条洒满月色的土路上，我们得意扬扬地奔跑着，一直在追打"黑大个儿"，那个烂在他脊背上的月光——成了我们追逐的目标！后来，在不知不觉中已追出了很远很远……那时候，我们已经失去了理智，已经忘记了我们到底为什么，只是一味地穷追猛打。

然而，就在我们冲向村口的时候，事情突然发生了变化，那变化极快。蓦地，村里的钟声响了！眨眼之间，就像是一股黑风，有上千人呼啦啦刮了回来！伴着群狗的叫声，只见村里村外，那声音黑压压雾腾腾的；月光下，人脸成了一道道愤怒的黑墙，那一重重的黑很快地向前涌动着，而在最前边的小增已结结实实地挨了一棍子！于是，慌乱中我喊了一声："快跑！"一语未了，我们三个像兔子一样，撒丫子就跑，没命地跑，一口气跑出了五里地，等定下心来的时候，身后已是一片静寂。

当天晚上，我们三人惊魂甫定，却给知青同伴们大大吹嘘了一通，大谈我们三人打人家几百人的"骄傲"。可是，到了第二天，有人从邻近那个村落里捎话过来，说那个村已经集合了三百多个基干民兵，要来报复。而且放出风说，只要是侯王村（现为后王村）"青年队"的，见一个扎仨窟窿！于是，整个"知青点"都慌了，人人提心吊胆，不免捏着一把汗……

三天，那可以说是我战战兢兢的三天……

三天后，他们没有来。

一晃二十五年过去了，我几乎把乡下的日子全忘记了。可我仍然记得那天晚上的月光，那月光是打了补丁的。那里补着两个字：善良。

1999 年

访俄散记

——从莫斯科到彼得堡

闷坐在七月里，望着电脑，做着汉字的一次次拆解、组合，就觉得日子也仿佛在哪里陷住了，钝得化不开。突然，就有了一个机会，说让我出去走一走，随中国作家代表团到俄罗斯去，就觉得像是一个梦！

在感情上，俄罗斯文学近乎"摇篮"。很久很久了，在一些难忘的时光里，我的少年，我的青年，赔上了多少个日日夜夜！读了那么多的俄罗斯文学作品，却从未想到要去那里看一看，不是不愿，而是觉得那梦太遥远了，不敢想啊。如今，能到"摇篮"里走一走，去圆一个梦，不是很好吗？圆一个梦吧。于是，匆匆地，就去了。

"它们正在向托尔斯泰逼近！"

怎么说呢，在心中，俄罗斯是文学的"摇篮"，是新鲜的，温润的，浪漫而高贵的。而一旦从飞机上落下来，踏上地面的时候，恍然间，就觉得有了一点点距离。眼中，莫斯科机场旧了，候机大厅矮矮的，嘈杂，也有垃圾。

然而，眼中的就一定确切吗？

当晚住下后，我们一行四人在俄作协外事主席奥列格的陪同下，驱车到一家叫作"老敞篷马车咖啡馆"的餐馆吃饭。据他介绍，这个餐馆原属于苏联作协，当年是要凭着苏联作家协会的会员证才能出入的，大约这里曾经是一个吃雅意和品位的去处吧。苏联解体后，现在已归了"独联体作协"了。他说，苏联作协下属的好多财产，一夜之间就被"瓜分"了，变成了私人的，还说，也打过官司，屡战屡败……

如今，餐馆的生意更加红火，从屋里做到了屋外。于是，我们跟着他来到了一个院子里，院子里有很多散座，他大约是想请我们到散座上去，一边乘凉一边吃饭的。可他找来找去，找不到位置，院子里的散座都坐满了人。这个院子原来也是属于苏联作协的，在院子中央，矗立着一座塑像，那就是著名的俄罗斯作家托尔斯泰的塑像。奥列格找来找去，没有找到座位，于是，就用自嘲的口吻说："看，它们正在向托尔斯泰逼近！"是的，那些散座漫散开来，已渐渐靠近了伟大的托尔斯泰……于是，在他的匆忙奔走中，在他的喃喃自语里，在他那略显焦躁的眼神里，我们终于读到了"托尔斯泰的尴尬"。

是呀，餐馆的生意正在向托尔斯泰逼近，油腻的烟火气已熏到了先生的脸。可老托尔斯泰还在那儿坐着呢，他沉默不语。

尊敬的奥列格先生略显窘迫地在这家餐馆里来来回回地穿行着，渐渐，他使我们意会了一个感觉，这个感觉里包含着一种看不见的压迫，那压迫几乎是从毛孔里渗出来的，那大约是"经济"上的原因吧。让我们大胆地猜测一下，所谓的"赏凉"，也纯粹是从"经济"的角度考虑的，这里的散座包含着一种高雅意义上的"便宜"，而热情的奥列格也几乎是在两手空空的情况下接待我们的（后来，他曾多次告诉我们，一切都是他一个人在支撑，俄作协没有钱）。在遍寻散座而不得的情况下，为了一个国家的体面，他只好把我们领进了真正意义上的"老敞篷马车咖啡馆"（餐馆内），这当然是一个充满了艺术情调的餐馆！餐馆里有很多漂亮的壁饰，到处都是美丽的俄罗斯小姐，她们温情脉脉地向我们点头示意……到此，还未张口，这顿饭我们已吃出点味道了。

我们吃的第一个词是"新贵"。后来，在点菜以至于吃饭期间，我看到，餐馆里进进出出的几乎全是一些有"派"有"款"的鲜亮人士。奥列格先生也一直在絮絮叨叨地告诉我们说："这里是莫斯科的大款们吃饭的地方，来的全是'新贵'！"他指着那些衣着华丽的男男女女，"这才是星期二，生意就这么好！若是星期六、星期天，就可想而知了！看看那些车吧……"在我们品尝俄罗斯"红菜汤"的时候，他话里的醋意蔓延开去，久久不散。

是呀，据奥列格说，"革命"前（他们把苏联的解体前后分别称为"革命"前和"革命"后），这里曾是作家、艺术家们经常聚会的地方。他说，这里过去是凭作协会员证出入的，作家在这里的待遇是很优惠的。那时候，写一部长篇，就可以领众多的朋友来吃一个月的饭！如今，在获得了宝贵的自由之后，那些灵魂的工程师，却一个个丧失了来"老敞篷马车咖啡馆"吃饭的体面。当然，还有"中央文学俱乐部"（现在的"猎人笔记餐馆"）、高雅的"橡木厅"等等，他说，一夜之间，几乎是一夜之间，这些地方就成了"新贵"们出没的地方了。孰对孰错呢？

他说：它们正在向托尔斯泰逼近！它们？还是他们？那么，它（他）们又是谁呢？

"让列宁同志先走"

在很长时间里，"白夜"在我的心目中只是一个文字概念。我不知道什么叫"白夜"。然而，当我们走在莫斯科的大街上，偶尔看一看表的时候，才知道此刻已是夜里十一点钟了！天仍然大亮，周围的一切都历历在目，那如水一般的清凉，叫人恍如隔世。噢，这就是白夜?!

在这个"白夜"里，我们漫步走过了加里宁大街（现在叫作"新阿尔巴特街"）。在这条大街上，我们看到了一排整齐华丽的高层建筑。据说，这是上世纪70年代苏联时期的建筑，当时是为了与美国一比高下，在当时的美国总统访苏前建成的。这些建筑曾被苏联作家戏称为"莫斯科的金牙"！"金牙"依然镶着，这可以说是帝国时期的"辉煌"了。慢慢走着，也不由浮想联翩，那么，现在已是2000年了，近三十年来，我们的"老大哥"都干了些什么呢?

再走，就离我们住的宾馆越来越近了。白夜依旧，天阴蒙蒙的，拐过一个弯，就是令人仰慕的莫斯科电影制片厂了。这是一个围有铁栅栏、占地面积很大很大的电影艺术的王国。"王国"里却静悄悄的，寥无人声。在我的记忆里，许多年来，这里曾经给予了我多少精神享受啊！《两个人的车站》《战地浪漫曲》《这里的黎明静悄悄》《莫斯科不相信眼泪》……太多太多了！然而，如今它却沉默了，久久的沉默。据奥列格说，它们目前非常非常困难，有时一年也拍不了一部片子，因为没有钱！他还说，有很多名演员都跑到国外去了……

夜里，在睡梦中常常惊醒，不知道身在何处……打开电视，一个个频道换下去，都是一片叽里咕噜。俄罗斯人是很能讲的，嘴一直忙着，我却不明白他们在说些什么。就见有一个"台"是在滚动播出，一个个丽人摇晃着走出来，搔首弄姿，竟是妓女们的广告：国籍、年龄、身高……而后就是一长串像炸弹一样醒目的套红的电话号码！

醒来时已是莫斯科的早晨了。九点多，我们结伴去吃早餐。早餐在十楼，坐下后，又是一番惊讶，莫斯科的早餐和匈牙利的早餐实在是无法相比，可以说是天壤之别！在这里，一瓶水就要二十五卢布，实在是贵得吓人！草草地抹了嘴，翻译又告诉我一大奇事，他指着一张报纸说，你看，莫斯科竟有"裸体理发"！这大约又是一则广告，报纸上配有照片，一名亭亭玉立的女子，赤身裸体在为一名男子"理发"。俄语的意译为"从娘胎里生出来的模样"，这里要宣告的是"人的原始"？这就是回归"自然"吗？虽然真假莫辨，还是让人着实地惊讶。

上午，在奥列格的陪同下，我们去参观莫斯科的红场和克里姆林宫。在童年的记忆里，这里是"圣地"，是革命导师列宁的长眠之地。当我们到达红场时，又着实地惊诧了一番，谁也想不到，在莫斯科的红场上，响彻着华人的声音。

是呀，红场上熙熙攘攘，但放眼望去，在红场上走动的，几乎全是黄皮肤的中国人。他们是一拨一拨的，打着小旗，呼朋引伴，莫名的兴奋中自然还有让人忍俊不禁的诙谐，我清清楚楚地听见有人高声说："让列宁同志先走！"

这是一个中国人的声音，声音里有少许的骄傲、少许的放肆和抑制不住的"喜悦"——也许说"喜悦"是不准确的，这里边更多的是一种感慨。是呀，他们终于来到了这里，站在了莫斯科的红场上！可感慨什么呢？那又是一句话说不清的……我悄悄地问了我的同胞，他们中间，有很大一部分来自国内的一家公司。他们说，公司生意不错，这一次旅游是由"公司"

出钱的。他们竟然说，下一次也许就要到"月球"上旅游了！这话里，除了"烧包"之外，是不是还有一些什么呢？

"让列宁同志先走！"

可列宁同志还在那儿躺着呢。当我们谒见列宁墓的时候，却见我们敬爱的列宁同志静静地在那儿躺着长眠，伟大的导师仍然栩栩如生！我们一步一步地从他身边走过，生怕惊动了老人家的"呼吸"，那心情却又是极为复杂的。

然而，当我们走出列宁山，又来到阳光下的时候，却有人悄声说，那很可能是一尊蜡像呢！那是"蜡像"吗？那怎么会是一尊"蜡像"呢?！在时间中，一个伟大的生命怎么可能成为"蜡像"呢……

2000 年

○ ●

一个时代的标本 ·······························

《风中之树》是一部很甜的书。

甜在善意，甜在理解，甜在宽厚，甜在客观。

这部书是写作家的，一个时代的作家，几乎是写了李凖先生的一生。正像文中说的那样，写的是一位著名的作家，是一棵枝繁叶茂的大树。也是风中的"树"，一处处的人生和世态，写得入了魂。

一个作家和他的那些文字，与一个时代联系得是那样的紧密，书写的是一个时代的聪明和愚钝。这里所展现的"树"，是在"风"里长的，栉着风沐着雨，很顽强地就这么长起来了。作家的名声是那样响亮，他给时代带来的那么多的欢乐，一个《李双双》就足以让人不能忘怀……作家的文学观和他的"红线串珍珠""闲笔不闲"都是可以传给后辈作家的经典之说。文中说：这么辉煌的一生，黄钟大吕的，很值呀。

这是一部很酸的书。

酸在时代，酸在世态，酸在长势，酸在聪明中的误和悟。

树是长起来了，突然间就成了一棵大树。且看那一枝一叶、一脉一络，处处智慧，处处占着先机，有时候也是在刃中游、锅里翻，那一洒阳光也是争得的，读来挣挣扎扎，猴猴气气，很不容易呀。

在一个时代里，对于一个作家来说，"不能走那条路"，还能走哪条路呢?! 文中细细地探究了那"酸意"的形成……当然，当然了，这里边的写作和活着，结合得是紧密了一点，那人生就像是作家在洗澡时突然被人喊了一声："李準——"于是就慌慌地从浴缸里爬出来，忙着去应，就摔倒了……想想，怎么会这样呢? 怎么就这样呢? 可就是这样。

这是一部含有苦意的书。

苦在挣扎，苦在迷茫，苦在寻觅，苦在探索。那苦意是浓后的淡，像茶一样的余味无穷，含有更多的人生的容量。

作家也是土壤的产物。在这么一块土地上，大地有着五千年的历史，也有着五千年的沉重，它滋润了作家，也限制了作家。对此，文中有很多精妙的、透彻的、很有理性建树的分析，读了让人感慨，也让人深思。

这怕是一部中国当代系统地、全方位地研究一个当代作家的理性之作。这是一个作家的标本，是个案，是很具解剖意义的书。

为此书，孙荪先生倾注了十数年的心血和长期的关注。一个批评家与一个作家，只有熟到了骨头里，才会有如此到位的透视和剖析。

2002 年

○　●

城市守望

在文字上，与许建平相熟已久了。

偶尔，他也来坐坐，说一点创作上的事情，吸上一支烟，去了。

此后，一年一年，一直想给建平写一点什么，不知怎的又总被耽搁下来，迟迟没有下笔。

建平很自重，也从未要求过。只是，每每从刊物上读到他的文字，就"哎呀"，就有了想说点什么的愿望。可人在时间里碎着，一日一日，恍恍又惶惶，也不知道都做了些什么。常想，什么时候，就说一说。

在我的印象里，建平的文字是长着"第三只眼"的。他是在城市里长大的孩子，文字里有一股浓郁的老城区的平民气息。同时，他又出生在知识分子家庭，上了大学，曾经是身在老城区的爷爷奶奶和身在另一个城市的知识分子父母"寄存"与"争夺"的对象。（这样说对吗？）"寄存"与"争夺"的结果，使他成了一个生活中的"漂泊者"，抑或说，使他的内心有了一层"隔离带"。在童年的很多时光里，他的"寄存"生涯，他的无助感，他骨子里那种先天性的忧郁，都浸润在他的文字里。所以，他的文字，在一开始的时候，就有了童年和成年的"双重视角"，就有了相对的距离感，就有了超越时空的人生感悟。这对于一个作家来说，是很难得的。

我一直觉得，建平是有"古典情结"的。在精神的指向上，他既是古典的，又是浪漫的，是有"品"的。当他的笔游走在生活底部的时候，比如《槐树街上的浪漫主义》，比如《文先生的离婚事件》，比如《失声痛哭》，等等，那记忆中的温馨，那苦难生活里的缕缕诗意，那在时间中烟化了的侠肝义胆，以及被岁月侵蚀了的浪漫情操，还有那时光带给人们的迷茫、惶惑、挣扎，都丝丝入扣地展现在他的文字里。对于日子，他是远远地看着的，有时甚至还有一点睥视。当然，他的远看，也还是有一些伤感的。那是带有温情的伤感，他仿佛一直在找，试图在找回一点什么，那笔就像是一只筛子，漏去了泥沙，却一次次地向人生发问，向灵魂发问，在时光中，还有"金子"吗？常常，他也会道一声珍重，对生活中那些最为美好的东西道一声——珍重。有时候，那笔端也会带一点羞涩，为日子的不堪。真的，他害羞，为自己，也常常为别人。

建平是有现代意识的。他的语言在不断变幻之中行进，力图跟上时代的节拍。他的思考穿越了外在的一层层包装，一刀刀地切向城市的心脏，直插人的内心世界。如他的《大师》《友情》《郑州谣言》《画画请吃糖》《两人的夜晚》《情人节下午的玫瑰》等一系列作品，就像是游走在城市上空的摄影探头，一次次地摄下了不断变幻中的、世纪之交的城市生活场景。那迷乱，那疯狂，那病象；那蓬勃，那盎然，那光怪陆离、五光十色……在城市的缝隙里，在一个个窗帘的后边，不总是有"灵魂"在颤动吗？是炙着的，是烤着的，是煎着的，是霉着的……那就切成片吧，一片一片地向人们展示。那么，建平的笔是不是也有迷惘的时候呢？我想，也是有的。他也常常停下来，检索自己的步履，总想走得更好一些，更扎实一些……

总之，我一直认为建平是一个城市"守望者"。他热爱城市，也恐惧城市。他发问，他寻找，他体味着城市的孤独，也体味着城市的喧嚣……在河南作家中，着力写城市生活的作家不是很多，建平是他们中比较优秀的一个。在文场上，建平的确不是一个喧闹的人，他安静，他沉默，他明智（或者说睿智），可他的幽默感是含在骨头缝里的。听人说，有许多女孩子乐意跟他交往，喜欢听他说话，这大概就是明证吧。

借建平新作出版之际，说了以上的话，不吐不快，就此打住。

2002 年

○ ●

牧笛声声   ·······································

与颜先生相熟，已是三十多年前的事情了。

说来，我们应是忘年交，先生长我二十多岁。

那时候，我们都还在许昌，那是一个飘满荷花的城市，有灯塔和木桥。记忆中，与颜先生相识，好像在一次文学会议上，那时，颜先生已是小城名人，写过一些文学作品，尤其是他那篇曾遭批判的《牧笛》，影响颇大。我呢，初学写作，见了颜先生，自然很敬仰，也不免羞涩……后来，记不清是不是在那座木桥上，又碰上了，颜先生先声招呼，并不为长者尊，不免让人感动。就这样认识了。也常常在木桥上一板一板走，或是在先生的客厅里，众文友聚在一起听先生吟诗说古，臧否天下，谈论文学……颜先生虽是长者，师尊，满门桃李，却平易近人。尤其是先生的谈吐、学识，给我们这些文学后进留下了很深刻的印象。

记得先生曾讲过他的童年，他起名颜慧云，这个略带女性化的名字，是很有些讲究的。当初，他是家中独苗，听卦人说命中有灾，家里人生怕恩养不活，就专门给他起了个女儿名，以躲避灾难。后来，他从一棵树上摔下来，摔伤了腿……可一家人却喜不自禁，说这孩儿的命，终于保住了。

颜先生是跛着一条腿走向生活的，这自然要比常人艰难些。

记得先生是自学成才的，先生的人生曾有过最为惊人的一笔。初时，先生原为许昌师专的工友，一个打钟的，好像是借宿在图书馆里。可先生作为一个工友，却手不释卷，夜夜苦读，一床薄被是搭在腿上的……据说，有一次，一位教师因急事请假，校长一时找不来老师，就让先生先代一课，也是让他维持一下秩序，聊胜于无。可先生一鸣惊人，在课堂上声情并茂，文采逼人，课上得极好，轰动了全校！就此，先生被校长看中，破格聘为教师，一时传遍许昌。当然，先生后来曾到多个大学进修，古典文学的底子尤为扎实。

听先生说，"文革"中他是吃了不少苦头的。尤其是他钟情于文学创作，在"文革"中也写了不少的文学作品。特别是他创作的短篇小说《牧笛》在《河南文艺》发表后，因语言美，有诗化、人性化倾向，曾得到读者的广泛好评。然而，也正是因为先生这篇小说写了人性，而没有突出所谓的"阶级性"，因而受到了批判……一时山雨欲来风满楼，先生为此挨批斗一百多场。可先生始终是痴心不改，这也是让人敬重的。

多年后，大约是上世纪80年代吧，我与先生先后调来郑州工作，这就又有了接触的机会。每每周末，我常去省教育学院的家属院就近向先生求教，先生有空时也到我的寒舍小叙……这时的先生已是教育学院中文系主任，见了面，依然是忘年交，相互留茶留饭，天南海北扯，并不以师者为尊，这正是先生为人厚道的一面。

记得先生不仅文章写得好，兴趣也是多方面的。好像先生仅研究象棋的棋书就出了三部，一直到先生退休，仍然日复一日地读书写作，孜孜不倦，在这方面，先生可谓楷模了。

如今，先生已走了四年了，在先生遗作出版之际，说了以上的话，以纪念先生。尚飨!

2006 年

○ ●

离我们很近 ·····································

那是中午的时候，在一个聚会上，朋友来迟了，很惭愧的样子，一进门就试探说：我能不能喝一点酒？我想喝点酒。

他说，砰的一声，巨响。

阳光照在窗玻璃上，照出一片灿烂的暖意。他背对着窗子，神色迷离，说，就在我眼前，扣子都崩飞了，打烂了一扇玻璃。

我问，刚刚吗？他说就刚才，就那栋楼，离我们很近。

他抿了一口酒，说我想不明白，我怎么也想不明白。她丈夫跟我是一个单位的，她人很好。个儿高高的，长得很漂亮，人也很能干，处处要强。她才搬家不久，住一百六十平方米的房子，装修豪华，家里不缺吃不缺穿的。就在不久前，她刚升了职，是副总，单位还奖励了她一辆车，沃尔沃，高高兴兴的。没有任何迹象，没有一点征兆，一切都很正常。突然，来了这么一出。

早年呢？我说。

早年也没什么，早年是一阳光女孩。那时候她父母都是地一级的干部，幼儿园长大，上的都是重点学校，后来上大学，一路顺风顺水……你没见过她，人很好，很有品位。我就纳了闷了，她什么都不缺，你说，她还想什么？

是不是夫妻感情出了问题？我问。

他说，没有啊，两人很好啊，都大学毕业……谁知道呢。前一天，有人还见他们两口拉着手逛商场呢，亲亲密密的，笑着跟人打招呼。转过脸来，就成了这样子。

那为什么？我问。

他说，谁知道呢。问遍了，都不知道，没有人知道。

他又抿了一口酒，喃喃说，单一的年代吧，我们渴望丰富；如今社会生活多元了，我们又向往纯粹。可单一了，必然纯粹，却又容易导致极端；多元了，必然丰富，却又容易走向混乱。怎么好呢？

我说，没准，她是有病吧？

他说，谁有病？也许都有病。在出事的前一分钟，她还好好的。上班了，打了开水，泡了一杯茶，抿了两口……谁能想得到，她会突然跑上九楼，噗一声，跳下去，碎成了一摊地图。

他又说，如果说有病，那也是一种心理疾病。经过了物质匮乏的年代之后，我们也开始"享受"心理疾病了。看来，过程是不可超越的，当我们走过了一个阶段之后，当我们开始享受精神生活的时候，却又不知道该往何处去。

他说，到了一个坎儿上了，好好活吧，保重。而后他又说，吃饭吧，吃饭。

于是，我们大口吃肉、吃米……吃着，他喃喃地说：就那栋楼，离我们很近……

2007 年

○　●

艺海拾贝 ·····································

要下雪了吗？

瑞雪兆丰年，这又将是一个丰收的日子。

记得在政七街的时候，我曾有一段很煎熬的日子。隔壁就是动物园，夜里还总听见狮吼、狼叫、狐鸣，还有……在那段日子里，与野兽为邻，我觉得自己都快要变成狼了。

人有的时候就是这样。闷闷的，还很焦躁。大约，我就是在这时候认识陈松锋先生的。或许，在更早一些时间里，也见过一两面。记得最清楚的，还是在政七街的时候。那时松锋先生就住在政七街靠北边的烟草局家属院里。我跟他是在散步时碰上的。在我的印象里，松锋先生是一个很质朴很踏实很有亲和力的人。因为气场相近，可以说一见如故。

后来，松锋先生也常去我客居的那个广电厅的家属院看我，一起聊聊天什么的。于是我更多地了解了松锋先生对文学的热爱与执着。松锋先生那时候已在全国的各类杂志上发表了很多文章，他也得益于这些文章，一步步地从县里走到了省城。可以说，他的每一步都走得很踏实、很刻苦、很用心。但松锋先生并不是一个着意设计自己的人，若是的话，他很有可能就调到京城去了。松锋先生是一个在文学中不断丰富自己和追求完美的人。那时，松锋先生曾告诉我说，他曾有几部长篇的写作计划，只是由于身体原因停下来了，十分遗憾。可他一直坚持散文的写作，从未停止过对文学创作的热爱和追求。

松锋先生的《月明杂记》就是他近一个时期的散文作品合集。拜读了他的文稿，我就像看到了一个跋涉者的脚印，他一步步地走在探索的路上，质朴、踏实、认真、执着。他用全部身心拥抱社会，体味、阅读、考问人生。同时，我还感觉到，松锋先生是一个一生都在不懈努力的"艺海拾贝"者。从文字里可以看出，他读书、读人、读史，读"景"、读"烟"（这是他的工作），研究东西文化之间的差异……他所下的功夫是常人无法比拟的。比如，他读《曾国藩》，连作家唐浩明也一块儿"阅读"了；他读"康、雍、乾帝王系列小说"，连作家二月河也一块儿研究；他出国访问，在别人忙于购物时，他则致力于对东西方文化的比较；他对烟草史的研究，曾得到国家烟草界权威的认可；他写祖母的散文，看了让人泪下……总之，他的文字的底板是诗化的，是有理想主义光芒的。

古人云：五十而知天命。虽说松锋先生已过了天命之年，但人要想穿越日子，还只有拿起笔来，称一称那过去了的时光。应该说，松锋先生把多年来写下的文字结集出版，即是想用文字来称时光的重量。有这些文字，时光足可以留住了。

2007 年

时间与飞扬 ·································

——张海印象

　　实在是该问一问风。

　　中原的风，那境界，那飞扬，那诗意盎然的秋天，那訇訇作响的大吕，是在何日何时完成的？

　　大约有三十年了，在我眼里，在河南省文联那个有些破旧的院落里，行走着的，是一个"沉默"，大山一般的沉默。一个略显瘦削，但骨格清峻的中年人，默默地走。见了相熟的，也只是略点一点头，没有话，或者说，话很少。仿佛他的神和魂，都不在这里……这就是早年我对张海先生的印象。

　　时光像水一样，那日子就像是漫在水里的山，一架一架堆着，叫人攀也很辛苦的。三十年了，在漫漫长长的三十年里，长途跋涉，九死不悔，于是就有了猎猎作响的一面旗帜，有了中原书风。这就是张海先生吗？

一　剑气

在我的记忆里，我们曾经是邻居，住在一栋旧楼里的邻居。

记得那是二号楼，楼道有些黑，灯也昏昏，走的时候，得侧着身子，小心些个，以免碰上楼道里的煤或是什么。我住在二楼左侧的一个单元里，张海先生住在四楼右手的一个单元里。当年，我与张海先生虽同住一个门洞，上下同一道楼梯，却没有串过门？是的，各自都没有串过门。有很多日子，就这么走来走去的，若是碰上了，点一个头，这就是问候。

我必须说，我曾经是一个城市里的夜游者，常晚上一个人到处走，名曰散步，其实是一个游荡着的魂。有时候，已是深夜了，很乏地走回来，抬起头，望着这栋旧楼的窗户，一格一格看，就见四楼右侧的窗口，是有灯光的。那光就像是暗夜里的刺，四散着无法遮蔽的"光芒儿"。那时张海先生一个人住在楼上，有许多个日日夜夜，他都是独自一人……他在面壁吗？

古人说：十年磨一剑。张海先生却用了不止一个十年，他几乎是用他一生去磨他的"剑"。在二号楼，也就是这座小破楼里，那夜夜亮着的灯光，就是他无法遮掩的"剑气"？或许更早，在他早在安阳的时候，那久远的蛰伏静默，那些精读前辈书家和夜夜研墨的日子，就是他出山前的磨砺？

是的，一个偶然的机会，在鹤壁的云梦山，在"鬼谷子"隐居的天下第一武学圣地，我看到了张海先生书写的"兵法"长卷。那就像是一面刻在巨壁上的剑之舞，浑然一体，一气呵成，是我最早领略到的"剑气"。在张海先生的书作前，我突然想到了美国作家海明威那著名的"冰山理论"，那隐在大海里的冰山，上边只露出一个山尖，而那广阔和坚实，是深埋在海水下的。他的字笔笔见锋，字字有气，那隶与简的凌厉峻然，是以壁立万仞的太行山为依，或许也要加上他老家豫西伏牛山的雄浑做衬？整整一面石壁，让人看了有字力穿石之感！

那就像是一个灵魂在奔突，在呐喊，在咆哮。一个沉默的人，胸中该藏着多少"剑气"呢？他从前辈历代书家的框架里挣脱，在一座座书山前徘徊，就像是一团沉默的火焰，是心在怒吼。这该是一个期望在创新中爆炸，期望走出前人、找到自我、创造自我的人。

二　骨气

是的，在我的印象里，张海先生一直是一个低调、务实的人。

在当今纷繁的时代，他也是少有的不打牌、不喝酒、不抽烟的人。有很多日子，他都是默默地在做着什么。那时候，他不仅是一个书法家，而且是一个天才的书法活动组织者……当他带着一支队伍，树起"中原书风"大旗的时候，他的杰出、他的无私奉献，也是从来不说的。他的低调和务实，正像古人说的那样，是"一片冰心在玉壶"。他的热情，他的燃烧，他的一片赤诚，那訇訇的巨响，都是内在的。

我甚至觉得，张海先生的声音，是含在他的书法作品里的。古人说，文若其人。站在张海先生的书法作品前，我常常能听到一种声音，一种訇訇作响的声音，那是骨声。这就像是生命的号角，是以骨为号，有铮铮的金戈铁马的撞击之声。他自然是渴望走向极致的。为此，他似乎是把血肉也炼成了筋骨，以期在广袤的大地上飞扬。

我以为，这铮铮作响的骨声，正是张海先生的书法个性，也是他不同于古人的创新之处。他在书法作品中摈弃了明清士大夫的"不激不厉、中正冲和"的所谓中庸之道，糅汉碑、汉简乃至草书于笔意之端，以刚劲、淋漓、奔放、自然为向，是弹骨为琴，飞骨为剑，凌骨气为剑影，诗骨风为长喉，化血肉为骨雨！就像是阵前的一声长喝，是万马奔腾中的涧前一跃，是遥看瀑布挂前川的气象万千。他所追求的是正大阳刚、挺拔明快，书底是正的，端的是汉人书法的魂魄，于是就有了长天一啸，有了冶炼中的飘逸！

在一年年的审美阅读中，看到骨相的不少，听到骨歌的，却实在是不多。那就像是一道诗的长虹，化骨为歌，荡气千里。我在张海的书法作品中，听到了铮铮作响的骨的歌唱！

三　仙气

后来，再见到张海先生的时候，他已是中国书法家协会的主席了。我打趣说，中国书界的主席的名字，都是两个字：舒同、启功、邵宇、沈鹏、张海……这是不是一种宿命呢？这是一句玩笑话，有数十年大山一样的日子衬底，有真、草、隶、篆的笔走龙蛇，当然与宿命无关。此刻，做了书界领袖的张海先生，也仍是淡淡、默默地一笑。正可谓：天若有情，人间正道。不屑于说什么了。

三十年了，对于张海先生来说，这是秋天了，人生的秋天，也是他书法作品的秋天。秋天是收获的季节，有一个词叫"斑斓"，叫"硕果累累"，叫"大江东去，气象万千"……正该是或者说他已到了"法无定法""看山还是山、看水还是水"的境界了。可张海先生却仍是人淡如菊，朗风一缕，只是平添了一份大师的潇洒飘逸。我以为，这就是有了"仙气"了。

当然，这也是我从他的书法作品中读到的。张海先生集数十年的不懈努力，才有了真、草、隶、篆四种书作的集大成。泼墨一般的四种书体，蔚然大观，汪洋恣肆，令人震撼！

站在张海先生的书法作品前，有八个字，一下子就吸住了我的眼睛："偏工易就，尽善难求。"这八个字其实是一种人生态度，是一种执着和感叹，是不屑于投机取巧的决绝，是越过千山之后的淡定。在张海先生的最新书法作品中，锋利是有的，但已化为了飘逸；骨声是响着的，但已是空山回响，飞鸟余音；厚重与宽阔仍在，但已化为诗意的飞扬……张海先生的书法作品，真、草、隶、篆，四种书体汪洋恣肆，气贯长虹，且深深地刻印着张海先生的个性特征，难分高下。这大约就是有了仙气了。

在时光中，人是活境界的。书法作品，到了一定程度，是讲品、讲格、讲境界的。"面壁十年"与"一朝顿悟"，虽都是"飞扬"，可"飞扬"与"飞扬"又有所不同。十年面壁，它下边堆着大山一样的日子，它以"厚重"为垫；一朝顿悟，则是以"灵性"做依，我以为，那应该有很大差别的。这是孜孜不倦，不鸣则已，一飞冲天，大鹏展翅九万里。

这就是张海先生了。

2008 年

○ ●

长者荃法 ··································

荃法走了。

前几天，我去医院看他，他眼光散漫着，已无话……我们就那么默默地坐着，他神色淡然。握手时，他想用力，已无力了。

下雪的时候，我去看他，他知癌症已转移到脑部。我说，再拼一下吧，还有希望。他说：拼一下。我说，等出来时，聚聚。他说：聚聚。还有信心。握手时，他用了全力，力道饱满。

我跟他，亦师亦友。他在河南文学界是出了名的忠厚长者，处处与人为善。都说好人一生平安，我们期待着。

秋天，在医院里，他对我说，长篇写得怎么样了？我说，正在写。他说，好好写。我说是，画一句号。他沉默了片刻，说画一句号。当时，我们都没在意。他一生都献给了文学事业。上世纪 60 年代，他曾经有正经做官的机会，上级派他去当县委书记，他拒绝了。他说，我还是搞创作吧。就这样，一辈子了。干瘦的一个人，一说到文学，两眼放光。

夏天，我陪他在医院的花坛边散步。走着走着，他突然说，有烟吗？

让我吸口烟。我掏出烟来，烟盒里只有两支，一人一支。他说，我已不吸了，只是吹一口，心里就平和些。

我知道，治疗几个月了，仍不见好，他不甘心，心里波涛万顷。

早年，他家就是一个文学的聚会场所，像我辈一样的许多文学青年都去他那里求教……无数个夜晚，去了也就去了，有烟有茶有水果招待，从不嫌烦。

春天，他查出身体有病。临上手术台前，黎明时分，他给我打了个电话，说要见一面。我本就是要去的，只是早了点。于是我匆匆赶去。晨光中，就见他站在医院的台阶上。见了面，他小心翼翼地说：佩甫，单位的人是不是对我有意见呢？

他一句话把我说愣了。我怔怔地望着他，突然眼里一湿，差点掉下泪来。他已退休十多年了，他德高望重，他培养了多少文学青年哪！就要上手术台了，他怕万一下不来了……到了这时候，他还要检讨自己，是不是在何时、何地有哪一点"伤"了谁了。

我说：就这事吗？

他说：就这事。

我哑然。段荃法老师早在上世纪 50 年代就是全国劳动模范，参加过全国的群英会，作为文学界的青年代表，曾受到周恩来总理的接见。他的作品《"状元"搬妻》《雪英学炊》等早在 50 年代就闻名于全国文坛。改革开放后，他以《天棚趣话录》《乡音》《活宝》《鬼地》《布袋子》为代表的系列小说，深受广大读者的喜爱，他的作品影响了一代又一代人……他常年担任省作协的领导组织工作，他参与创办了河南大型文学期刊《莽原》，并担任首任主编，扶持、培养过无数文学青年，包括我们这一茬在内的很多作家，都曾受到他的指点、教诲和体贴入微的爱护。谁会对他有意见呢？

我说：段老师，没人对你有意见。你已"熬"到了可以对任何人有意见的时候了！他"唔唔"了两声，释然了。

是啊，现在的人都是对别人有意见，还有谁会"检讨"自己呢？何况，他就要上手术台了。

一个人苛责自己到这种程度，还能说什么呢？

荃法走了。天气预报说：周六，小雪。——天亦有情啊！

荃法老师一路走好！

2010 年

一个人与一座城市

　　想一想，不由吓了一跳。在这样的一个城市里，已住了快三十年了。三十年，四分之一世纪还多，就这样过去了。是该说一点什么，你说是不是呢？

　　我一直认为，像郑州这样一个地处中原腹地的省会城市，它就是一个十字路口。一个国家的"十字路口"。虽然是一个"十字路口"，可它的历史很厚，厚到了不可言说的程度。"十字路口"行走着南来北往的人。刚来时我以为，人来人往的，这怕是一个叫人淡忘记忆的地方，倘或也可说是一个喜新厌旧的地方。它的商业氛围是含在骨头缝儿里的，欺生又怕生，是那种一次性交易、不要回头客的做派。但一旦待的时间长了，它又是宽厚的、极具包容性的、有情有义的。这就是我对郑州的最初印象。

　　曾记得海德格尔的名句："诗意地栖居"。那就是说，建筑一旦矗立在大地之上，它就是有生命的。它是活在时间里的、具有生命力的一种物质形态，是人类的庇护之所。在时间中，它的存在方式代表着也导引着人类生活方式的改变。

　　我记得，认识胡葆森先生大约也有一二十年的光景了吧？最初知道的，也就是两个字："建业"。"建业"二字是以建筑形态出现在这个省会城市的。它的一座座楼盘，它的广告效应，都以"诗意地栖居"为目标，慢慢地进入了千家万户，进入了中原人的视野。尔后，它逐渐就成了生活质量的象征。居住方式的改变，直接影响着人们的生活方式。它无声地改变着人们的生活态度，改变着中原人旧有的生活习惯。郑州，这个地处中原腹地的省会城市，开始一天天亮丽了。也许，"建业"盖的楼房并不是最多的，但在中原，"建业"二字却是最有影响力的。这可以叫作"品牌"吧？

　　后来就认识了老胡，胡葆森先生。在我的印象里，葆森先生国字脸，身材魁梧，目光炯炯。尤其是他那双眼睛，有一种光，很正。是那种带有理想主义光芒的。这怕是在过去单一年代里唯一保存下来的最好的东西。那里包含着"底线"和"尊严"。在我见到的商人里，有这种"光"的人很少了。这种东西，也可以叫作"品格"。

　　我以为，在这个世界上，凡"有用的东西"都是有价的；"无用的东西"都是无价的。比如，一把椅子，无论多么好的椅子，哪怕是金子做的，都可以计算出它的价格来。而国际田径运动百米赛跑了第一名，国际足球赛联赛中踢进了一个好球，或者说凡·高的一幅名画，却是无法定价的。因为它体现的是人类体能、智能或艺术想象力的极限。

　　在这个意义上说，葆森先生作为一个知名的房地产商，一个大型民营企业的董事长，曾经做了许多"无价"的公益事业。一个代表着一亿人口大省的足球队，将要办不下去的时候，是他接手的。挂名为"建业足球队"。后来又成立了"建业俱乐部"。每年都会请作家、艺术家到这个栽种着各种果树的"建业俱乐部"去度假、休闲。当然还有别的……这都要花钱的。尤其是养一个足球队，是要花大钱的。一个房地产商，为什么要做这些看似"无用"的事情呢？以我的理解，这就不仅仅是热爱和嗜好，而是心胸和气度了。这是"建设"和"种植"。先生"建设"的是国民心理的精神高度，是在推介一种健康的生活方式；"种植"的是一个省份的审美价值取向，是一种高尚的精神上的文化建设。这就不得不说是品位了。

对胡葆森先生，我着实知道的并不太多。我们甚至没有私下里单独说过话。但我知道，在中国的房地产行业中，他并不是最富有的。比他富的人，比比皆是。但作为一个地产商，当他有了钱之后，他首先做的，是建设和种植文化，一个民族的文化。

在一座城市里，有这样的人，是一种境界。

2010 年

○　●

创作与思考 ·······························

一　关于经历

五十多年过去了，所谓童年的记忆已经碎片化了。我出生于工人家庭，小城市长大的。但童年的记忆，还更多是乡下姥姥家的。那或是风，有颜色的风，沙味的风。那或是雨，绵绵的，还有草屋或瓦檐下的滴水，一个个带沙音的滴声。那或是一碗水煮胡萝卜，或是烧着地火的红薯子，或是发了霉的红薯干。那或是夜半的一声老咳，梦中也会看见人脸，墙一样的……仍然记得，三年困难时期，乡下的亲戚到城里来，手是提着两串毛毛草穿起的蚂蚱，很羞涩地站在门口对母亲说：姑，没啥拿……天长、地久，我以为，这是一种浸泡过程。

五十年前，在一盏油灯下，我有幸读到了此生我的第一部外国文学作品。时光荏苒，五十年后，直到今天，一切都模糊了，可我仍然能记得这部作品的名字，它叫《古丽雅的道路》。

这本书是我从一位小学同学那里"借"来的。我这位同学的父亲，本是清华大学毕业的高才生，却成了"右派"。这个身材高大的"右派"那时正在街道上打零工，干挖沟之类的活儿，他常常被街道的小脚老太太训得咧着大嘴哭……这都是我亲眼看见的。可他家有书！

　　我要说的是，正是书本改变了我人生的走向，也由此改变了我的生活轨迹。在我模糊不清的、在时间中多次被修饰篡改过的记忆里，这本书是有颜色的，它五光十色，一下子就把我带进了一个"天堂"——一个小城市贫寒家庭的工人儿子眼中的"天堂"。我得说，在我干渴的童年里，这是一本有气味的书。我一下子就闻到了书中的气味：甜点的气味，"大列巴"的气味，果酱的气味，还有沙发、桌布和羊毛地毯的气味……是的，这气味一下子就把我给征服了。虽然那时候我从未吃过面包，也不知道什么是"大列巴"，然而，在中国最饥饿的年代里，我却"吃"到了最鲜美的"大列巴"。还有声音和语气，那种用鲜牛奶和白面包喂出来的声音，那种在插有鲜花、铺有亚麻桌布、大瓷盘里摆满了红苹果的桌前，坐在沙发上，听着优美的钢琴曲，而后在谈论什么时发出的声音和语气，带有阳光和青草气味的声音和语气，风透过白色的窗纱把那甜美的声音送到了我的耳边，甚至连呼吸都是诗意的。就像百灵鸟在歌唱，或者是一串串的银铃在响……虽然我还没有见过银铃，虽然我还不知道什么样的鸟儿是百灵鸟，虽然我还没见过白色的窗纱……还有爱情，当然有爱情，"布拉吉"迎风飘扬！这本书让我早在童年时就有了关于爱情的标尺：一个穿"布拉吉"的姑娘正向我走来，汪着一双水灵灵的大眼睛，脚下有一双天蓝色的小皮鞋，弹弹地走。那些文字的背后刻有八个字：高贵、美丽、健康、善良。

　　这就是俄罗斯文学最初对我的浸润。

　　《青年建设者》是我的一篇很稚嫩的习作。这篇习作是1976年底写的，三个月后我接到了让我进省城改稿的通知。很多年过去了，我仍然记得我被挂在火车车窗上的情景。那天，当我兴冲冲赶到火车站的时候，先是排队，车站管理员让搭车人在广场上排成长队，而后在他的号令下，像遛狗一样喊着"一、二、一"，让我们在广场上转着圈，足足遛了十多分钟。终于，开始检票了，车到站了，也停下来了，可就是不开门。这是个小站，火车只停三分钟，因为车上人太多，车门竟然不开。赶车的人急得嗷嗷叫，像乱蜂一样四处乱窜……最后，无论上车或下车的，都只好通过车窗爬进爬出！那时我还年轻，也跟着人们往车窗里爬。不巧的是，我穿的厚衣服挂在了车窗钩上，无论怎么挣扎都挣不脱。这时候，汽笛响了，火车缓缓开动，可我头在里，半身在外，进不得又退不得，仍旧在车窗上挂着……在站台服务员的惊呼声中，大冷天我急出了通身大汗。火车哐哐地越开越快了，此刻我头都大了，心里乱哄哄的，一咬牙，只听刺啦一声，背上的衣服撕了个三角口子，就这么狼狈不堪地爬进去了。可在那个年代，这是最正常的事情了。

我是带着介绍信（那时出门必须有介绍信）、背着衣服上撕破的三角口子进省城的。我住在省城一家报社招待所里，这篇八千字的稿子，我八天改了八遍。那位编辑老师是个热心人，一会儿说要这样改，一会儿又说这样不行，要那样改……八天里，我昼夜不息，一遍一遍改，脑子都改糊涂了。到了最后，编辑老师很诚恳地对我说：据我多年的经验，编辑咋说你咋改，改不好。我记住了他这句话，而后狼狈逃窜……回许昌后，我按自己的理解，又重新写了一遍，这才发在了1978年元月号的《河南文艺》上。

我曾经在一家生产牛头刨床的工厂里当过四年车工，开过各样车床。那时候，中国制造工业所有的技术标准都是50年代从苏联照搬过来的，设备很落后，叫"苏标"，有C618、C620、C630、C650，等等。在工厂里有"紧车工，慢钳工，吊儿郎当是电工"的说法。开车床一天站八小时，很紧张，一按电门，机器高速旋转，起步就是每分钟三千转，得两眼紧盯，搞不好，一刀过去，零件就废了！我是业余时间写小说的，那时工厂三班倒，有白班、前夜、后夜，所以还有一点点时间……记得1977年的一个冬日下午，我正参加厂里举办的篮球比赛，中场休息时，有人拿着一张报纸跑来告诉我：你的小说发表了，目录上有！当时，我很兴奋，下半场比赛时，每投必中！这就是精神作用了。还记得当晚下班时，厂工会主席给了我一把钥匙，那是工会办公室的钥匙。那时我住集体宿舍。这就是说，每晚下班后，我有了一个看书写字的地方。

我1971年下乡，我的知青生活是在汗水里泡出来的。当时我们知青队，有七八十个人，只有四个"10分"的劳力——那时都叫"劳力"，我是其中之一。许多年过去了，我至今仍然记得，我（或者说我们队）曾经欠公社食堂一百个蒸馍！记得那是一个夏天的晚上，我领着知青队的十几位男劳力拉着十几辆装满烟包的架子车，往一个四等小站（临近公社所在地）的货场送烟包。我们村离这个车站有几十里远，每辆架子车大约八九百斤重。等我们拉到货站，卸下烟包时，已是午夜时分了。天黑路远，我们一个个疲惫不堪，饿得肚子咕咕乱叫。于是，就有人嚷嚷：咱上哪儿弄点饭吃啊？月明星稀，都下半夜了，只有狗咬声，哪里有饭辙？马上有人出主意说：操，去公社，公社有食堂！于是，我们十几个知青拉着架子车，在凌晨时分敲开了公社的大门，一群饿狼到公社要饭来了！大门敲开后，一个食堂管理员说：干啥？这是干啥？我们十几个人居然虎汹汹地说：饿了！给点饭吃。那人说：这都啥时候了，哪儿还有饭？我说：剩饭也行。他说：剩的也没有。有知青说：馍，有馍吗？那人迟疑了一下，说：馍倒有，凉的。我们欢呼说：凉的也行。他不想给，说：要借，得打欠条。我说：行，我给你打条，到时村里还你麦。就这样，我们从公社食堂借出了一百个蒸馍。那天夜里，我们十几个人十几辆车一个拉一个穿成一串，边走边吃边唱，风凉凉地吹着，十分惬意！

回到村里，我立即找到管经济的老农队长，诉说借蒸馍的事。我说，我打了借条，必须还。他说：嗯。还。我知道了。为了此事，我一直很不安，见面就催他，整整催了一年……催急了，最后他说：公家的，不用还。就这样，最终也没有还。这是一个很质朴的老人，可他是"对"的。

上世纪整个 80 年代都是一个读书学习借鉴的年代。我们张开所有的毛孔吸收西方各种文学流派的营养，那时候河南文学界办了很多讲习班，大家经常在一起讨论阅读的感受，谈构思、谈想法……一个个就像打了鸡血一样兴奋！比如，看了《百年孤独》后，我们一个个目瞪口呆，原来文学也可以这样写！面前仿佛有了一千条路，可哪一条是我们的呢？那是一个既激动又迷茫的时刻。社会上仿制品很多，几乎所有的作家都不同程度地受到了影响。我必须说，我的记忆有误，我是学着写过意识流作品，可终于没好意思发出去。我当年的那篇被《新华文摘》转载的小说不是意识流，它只是一个名叫《蛐蛐》的短篇。

80 年代中期，可以说我吃了一肚子"洋面包"，肚子一直很胀，却没有消化的能力。是的，那时候，每天晚上，我像狼一样地在街头徘徊，漫无目的地走，不知道该往哪里去。那时候我已经知道文学不仅仅是写好一个故事的问题了，敢说"创作"的，必然是一种创新，或是"人人心中有、个个笔下无"的东西。这需要一种独一无二的表述和认知方式。可你是个笨人，你并不比别人聪明，你凭什么呢？有一段时间，转来转去，走着走着，我会走到省体育馆，那是个大院子，大院子里有大锅式的屋顶。大锅旁是用钢丝网围起的一个溜冰场。那个溜冰场上有很多年轻人在滑旱冰。在这个旱冰场上，有一个最受注目的人。他有一个无限重复的、让围观的人耻笑的动作："燕飞"……他是个男人，却一次次地以女性的姿态"燕飞"……人人都知道他"飞"不起来，可他想"飞"，飞得忸怩。我真的很害怕，在文学创作上，也成了飞不起来的"四不像"。"洋面包"很好吃，可我却长了一个食草动物的胃。这就是我当时的痛苦。

我个人认为，不是回归传统，是寻找认知的方向，寻找自己的创作源泉，打一口属于自己的"井"。认知或者说创造性地透视一个特定的地域是需要时间的。不光需要时间，还需要认识。时间是磨，认识是光。于是才有了《红蚂蚱，绿蚂蚱》。

二　关于作品

对于中国文学来说，上世纪 80 年代中后期是一个"回头看"的时代，也是文学经过"反思"后"寻根"的开始。记得有一天，我脱了鞋上床，不经意间忽然发现，我的小脚指甲是双的。从小脚指甲为什么是双的开始，我有了《李氏家族》的初步构想……当然，外国文学的影响仍然存在。但中国的家族小说，是在从"反思"到"寻根"的认识基础上发酵而起的。

我说过，"平原"是生我养我的地方，是我的精神家园，也是我的写作领地。在一些时间里，我的写作方向一直着力于"人与土地"的对话，或者说是写"土壤与植物"的关系。我是把人当作"植物"来写的。

在文学创作上，我找到了属于自己的"平原"，就有了一种"家"的感觉。当然，这已经不是具象的"平原"，这是心中的。可以说，我作品中的每一个人物，都是我的"亲人"，当我写他们的时候，我是有痛感的。因为，实实在在地说，我就是他们中的一个。生活是自己的。"平原"是自己的。认知却是来自多方面的。

我说过，在平原，土地是很宽厚的。给人吃，给人住，任人践踏；承担着生命，同时也承担着死亡。土地又是很沉默的。从未抗拒过人的暴力，却一次次给人以警示。在平原，草是最为低贱的植物，书中的"小虫儿窝蛋"就是这样一种草花。平原上的草是在"败中求生，小中求活"的，它靠的就是四个字：生生不息。

比如，《生命册》中的"虫嫂"就是这样一个人物，她就像"小虫儿窝蛋"一样，可以任人践踏，贱得不能再贱了。可就是她，靠捡破烂供出了三个大学生。就连死的时候，也是自己花钱葬的（她把自己的丧葬费藏在了一把破扇子把儿里）……我把人当植物来写，就是要表现"土壤与植物"的复杂关系及生命状态。当然，我从"原生态"的写作，到"精神生态"的认识，这中间是有过程的。

对于我来说，《圣经》不是源头，只是借用。有那么一个时期，《圣经》一直在我枕头旁放着，我是作为文学作品来读的，晚上睡不着的时候会翻一翻，仅此。从本质上说，我们的源头或者说我的源头，仍然是中华文化，或者说是五千年的文明史，这是流淌在血管里的东西，洗不掉的东西。也许，更多的是儒家文化的浸泡或者说是桎梏，是锁链也是营养钵，走不出的。汉文化的一个个文字都是用血肉喂出来的，先是刻在龟背上，后又长在人心里，都是有背景的。我认为文字是文明的开始。在时间中，生活会演变成传说，传说会演变成寓言，寓言会演变成神话，一个个放大了的民族的神话。也许，我们正在重新寻找一个民族的思维神性。

对于一个民族来说，有真正意义上的信仰，才会有神性的存在。可我们的"神"太多，乱神，就等于没有神。一个民族，要有"灯"。没有"灯"，就只有"罪"的苦海。

我在七八十年代虽然也读过鲁迅，但我与鲁迅先生无关。我读书乱、杂，不止鲁迅先生一人。我只是在研究"平原"这块土壤。我们怎么就长成了这个样子？我们是怎么长成这个样子的？我们是在什么样的环境下长成这个样子的？我们吃的是什么？穿了什么？学了什么？我们的身后还有什么？等等。在写作时，我手里没有"刀"，我感同身受，我同他们同呼吸共命运，是用"疼"来写"痛"。我要说的是，古老的、有传统意义的、纯粹的乡村已经不存在了。

　　早期，对于乡人来说，城里有"灯"。羊是寻灯来的。现在羊群大批进城，羊狼不分了，城市成了新的圈。只有疼是背着的，永远背着。

　　对于一个男权社会来说，每一次革命都是女性的盛大节日。我个人认为，中国革命与女性解放是同步的。从 1949 年开始（或许更早些，从"土地革命"开始），先是解放了"脚"，后又解放了"心"。解放"脚"是彻底的，解放"心"是艰难的，一步一步。正因为她们比男性承担了更多的苦难和屈辱，因此她们在革命意义和立场上才更为激进。80 年代的改革开放，是中国女性的第二次革命。女人们最先解放了"穿戴"，而后才是……这又是分步骤、分类别的。经济独立的女性和经济不能独立的女性有天壤之别。在这样一个多元化时期，城市白领已经强大到不依赖或者不需要婚姻保障了；而挣扎在底层的女性却仍然在为生计（当然，也不全是生计问题）而焦虑。

　　我曾经有一个观点。我认为，在这个世界上，凡是有实用价值的东西，都是有价的；凡是没有实用价值的，都是无价的。比如一把椅子，哪怕是金子做的，也都可以计算出它的价值。相反，比如百米赛跑，跑了世界第一；足球赛踢进了一个漂亮球；或是一首名曲，一幅凡·高的油画，这都是在现实生活中没有实际用途的。你很难定价，也就说是无价的。因为它体现的是人类体能、智能和想象力的极限。诚然，文学是一种创造性的劳动。它不仅仅是要讲好一个故事，不仅仅是现实生活的反映，它是一个民族语言的先导和方向。它是民族精神的滋养源，体现的是一个民族思维力、想象力的宽度和极限。所以，我所说的"文体"，指的是文学语言特有的想象力的高度和思维的方向。定然不是足球和篮球的差别。

　　应该说，中国作家在"文本"的探索上已做出了很大的努力，甚至可以说与一些亚洲国家的获奖作家差距并不大。比如：有些优秀作家在深挖民族魂魄根源上已走得非常远了；有些优秀作家在本民族文学形态创作方面已经做过勇敢的探索和实践；有些优秀作家也已对中国知识分子心理有过全新的研究和阐释，这些作品在文本方面都有突破性的试验和尝试，他们都是我学习的榜样。这应是中国当代文学里最难能可贵，也是最应该肯定的，却仍然不能得到评论界的赞扬和理解。居然有人说，这还是受了什么什么的影响等等。可见，在文学意义上的创新和探索之难。

我要说，人类是先有神话意义上的飞天、神灯、飞毯……才有了电，有了飞机的。在此意义上说，文学想象力是人类一切创造力的源泉。

三　关于故乡

从形而上说，在平原上生活是没有依托的。可平原人又是活精神的。那日子是撑出来的，是"以气作骨"的。这里的山，是"屋山"或者叫"房山"，这里的水，是井水或者是形而上的"龙"。是具象，也是想象。所以说，在这里，人的精神不是活出来的，是练出来的。这个练，也可以是炼。人，在练或炼的过程中，很难说他会长成什么样子。五千年文明史，也许就是五千条锁链。反过来说，这里又有着生生不息的根底。在这块土地上，生存是第一位的。是的，我写他们或者说我们，就是一块块有灵的"土坯"。

当年，作为知青队的队长，我也常和一些村干部去公社开会。那时候，在公社大院或是礼堂里，我常和他们一起蹲在地上，或是要一支"老炮"（自己卷的旱烟）"喷大空"……那时我接触了一个公社的几十个大队支书，他们各有特点。后来，我也经常到农村去，见了很多村一级的干部。在中国乡村，村一级组织不具备政权形态，他们也不是国家干部，也没有人给他们发工资。所以，这里活的是"集体经济"。这个所谓的"集体经济"既不是国家的，也不是个人的，这就有了巨大的空间……他们唯一可以依赖的是智慧。所以，每一个村干部都是能人、智者。由此，也可以说他们是这块土地上长势较好的"植物"。我说过，我研究的是"植物"的生长环境和生长状态，不分好与坏，仅此。

早在上世纪 80 年代中后期，我曾经写过一部名叫《金屋》的长篇小说，是专门写金钱对人的压迫和冶炼的。那时候，我认为"金钱是万恶之源"。后来我发现我错了，"贫穷"（尤其是精神意义上的"贫穷"）才是万恶之源。我认为，贫穷对人的戕害远远大于金钱对人的腐蚀。我曾经说过，一个人的童年是至关重要的。一个人在相对健康的、物质生活有保障的环境中长大，他的心性会是相对健康的。反之，一个人在饱受折磨的困境中长大，他的心性肯定是不健康的……这就像是一棵幼芽，那病根是早早就种下的，在成长中渐渐成了一株含有毒素的植物。中国现在已进入了精神疾病的高发期，其实那病根早就种下了。

后来，我曾经专门请教过一个平原上的木匠，跟他讨论平原上的树，一个树种一个树种地问，得出的结论是：所有植物离开土地后都会变形，只是有的变形大、有的变形小。真正的内审，或者叫认知，是从《生命册》中的吴志鹏开始的。

应该说，中国作家生逢其时，遭遇了社会大变革的时代。可巨大的变化同时，又使人目不暇接、眼花缭乱，使人迷失和失重。80 年代，曾经出现过文学的大繁荣时期，这期间出现了许多好的优秀作品，名篇佳作不断涌现。好像文学这只"鹿"就在眼前了，眼看着就要逐到那只"鹿"了。可走着走着，前方突然失去了目标。一切都与我们想象的不一样了……这是一个巨大的挑战。文学是社会生活的沙盘。面对急剧变化中的社会生活，或许可以这样说，我们思考的时间还远远不够。当然，文学是不开"药方"的。文学也不可能成为时代生活的药方。文学只有认知和发现的功能。文学只能写出一个时代精神语言的方向及高度。

这是敲钟人的活儿。

2010 年

说柳岸

我一直在猜想，用"柳岸"这样笔名的女子，是怎样的一个人？她，在想些什么呢？

是啊，是柳暗花明又一村？是春风杨柳万千条？抑或是东风花千树、夜来春携雨？总之，用这两个字做笔名的人，定是有诗意、有信念、有期望，是提着心气要种植美丽人生的。

当然，这只是一种猜测。

而后见了人，听了她的经历，就有了几分讶然。这位女作家的本名叫王相勤，倒是有几分男人气的，笔名却为柳岸，或许是心性使然？人虽柳岸、清丽，但看那神情，不说是叱咤风云，倒是有几分英姿和爽气的。后来才明了，她居然是当过镇长的，女镇长！我知道，一位女子，在基层工作是很不容易的，她要终日面对百姓的是是非非……那么，能做到镇长，在百姓眼里，那就是一级"政府"了。一位女子，大学毕业后，一头扎在与百姓最贴近的乡镇里，从最基层做起，经过一年年的努力，做成了"政府"，那又需要她怎样的付出呢？

　　也释然。这正是一个有愿望有理想的女子，活的是个性。不然，在颜色和金钱的声音铺满大街，在人们奔钱、奔权的时候，她怎么偏偏要写作呢？就此看来，写作是清洗自己的过程，是心灵的需要。

　　正因为有了在基层工作的经历，柳岸的写作是贴着生活走的。她的作品有浓郁的生活气息，有着豫东平原所特有的民风和乡情，有着颍水两岸的滋润和苦涩，有着时光的苍与凉，而且她在文字里大多是反映社会底层小人物的命运。那生生死死、爱恨情仇，都与百姓日子与岁月变迁与时代风貌紧密联系在一起的。比如她发表在《十月》《莽原》等刊物的中篇小说《燃烧的木头人》《黄了绿了》《幻灭》《铁石话本》《一路有你》《失踪的女人》等作品，都是变革中的时代生活的记录。她的作品尤为显著的特点是由外而内，直指人的内心世界，是精神生活的记录。她对在基层工作的干部、职员、乡人等小人物的命运和情感生活给予了更多的同情。她的笔触动了人的最细微的精神变化，用细节表现已进入 21 世纪的人们内心世界是多么的迷茫、多么的惘然！她着力来写人的精神挣扎过程，写人的内心最隐秘的那一部分。在写小人物面对职场、家庭、婚姻及情感生活挣扎的同时，她的作品又明晰地表达了理想主义的特质，是有底线的。这就更显得难能可贵。

　　柳岸的语言也是很注意生活化、口语化的，是紧贴着时代生活脉搏的。她的语言着力于从生活出发，经过艺术的加工和筛选，把豫东平原特有地域的风情、人的生活状态原汁原味地呈现在人们面前。特别是《燃烧的木头人》《黄了绿了》等，写平原人的乡村生活，写小职员的人生命运，都是很生动、很传神的。那一笔一笔的勾勒，把生活里的苦涩与内心的熬煎都表现得十分到位。她写人的渴望、人的困顿时，着力表现人生的冷幽默，是苦涩的又是会心的，是焦灼的又是满怀深情的。是啊，人在日子里困着，那偏执那局促那窘迫像网一样，她用文字在网上撕开了一个口子，抖出的是一个个栩栩如生的生命状态。是叹然又是理解的。在表述中，她也充分体现了一个女性作家所特有的观察视角，对爱情婚姻的描写尤其细致入微，对女性给予了更多的关注和同情，同时又穿越了物质的层面，直逼人的精神世界……她是在向这个世界发问吗？

　　近年来，继南阳作家群之后，周口地区又涌现出了一批作家，这是可喜可贺的，柳岸即是他们当中的一个。当然，柳岸正在文学的道路上行走，她的路还长……现在借她的中篇小说集出版之际，说了以上的话，只是希望她越走越好。

2010 年

○ ●

我的文友吴万夫   ·

在我的印象里，与万夫已是相识很久的朋友了，但相互间却很少联系。最初，怕连印象都是模糊的：一个略显沉默、精致而干练的人，是不是呢？后来，就是偶尔见了面，也是匆匆，多是点个头没有话。不是因为无话可说，而是因为万夫腼腆、忠厚、实在，在一些场合里不大往前凑的。我呢，也一定是在会上或是什么杂乱的场所……我们就这么一次次地擦身而过。

但是，每到过年的时候，我都会收到一张贺卡，邮局的那种，上边有万夫的签名。一年又一年，每到年关，那个贺卡就会飞到我的书桌上。我知道，这是文友间的一份心意。但坦白地说，我确实有几分倚老卖老，可万夫，依然如故。

默默写作，从不张扬，也从不求什么。这就是吴万夫。

但一天一天地，我还是跟万夫熟悉了。我是从他的文字里开始熟悉他的。万夫痴迷于文学，是一个很勤奋的文学种植者。多年来，无论自己的生活状况多么严酷，他都坚持笔耕不辍，创作了大量的中篇、短篇、小小说、散文等。每每，只要随手翻开一本文学期刊，不经意间，就会在刊物上看到他的名字，很亲切。

万夫是一个生活的呐喊者。他的作品一直关注着生活在社会底层的弱势群体，笔触一直深入到了生活的最根部，笔下多是在生活中挣扎、拼搏的小人物的命运，如《小村大事》《金土》《弟弟》《阿香》《金小刀的一九九九》，等等。看他的小说你可以听到一声声带血丝的呼唤，看到一颗苍凉的悲悯之心在跳动，让人不由得血热……应该说，万夫是一个标标准准的身住陋室而心怀天下的作家。同时他也是一个时代的歌者，他为善良和美好的人性而歌，为民间的正义而歌，他唱的是人民大众的心音。

也许是文学害了万夫。他本可以成为一个衣食无虞的好医生，可他却自觉自愿地为文学献身，这应该是一个战士了。我敬仰这种九死而不悔、有万夫之勇的人文精神。

2012 年

○ ●

我怀念 ··

我怀念家乡的牛毛细雨，就是那种密密、绵绵、无声、像牛毛一样的细雨。扎在身上的时候，软绵绵的。如果更准确地说，它不是扎在身上，它是润，是一丝一丝的润意。就像人们说的，没有声音，有一点点凉、一点点寒意、一点点含在雾气里的那种雨丝。当你在田野里奔跑的时候，那雨一针一针地把你罩着，久了会有一点痒，真的，落在脸上的时候，有一点点湿意、凉意，很孩子气的痒意。而后，它一点点透，那湿气慢慢地浸润在你身上，等你跑回茅屋的时候，当你站在屋檐下的时候，回过身，你会发现，在天光的映照下，那雨丝才开始斜了，丝丝亮着。

我怀念瓦檐上的滴水。雨后初停，瓦檐上的水一串一串地滴下来，先还是密的、连珠儿，而后就缓了，晶莹着，亮着，一嘟一嘟的，就像是白色的葡萄汁，一点点浓。当它滴下来的时候，在房前的黄土地上滴出一个一个的小圆坑，把地上的黄土砸成一个个正圆的沙窝状，那小圆坑一个一个地在房檐下排列着，先是"奔儿、奔儿"的，而后是"啪"声，再后是"啾"声，那声音是有琴意的。

我怀念家乡夜半的狗咬声。我甚至怀念走夜路时的恐惧。在无边的黑夜里，夜气是流动着的，一墨一墨地流。特别是没有星星的夜晚，你能听见自己的心跳。眼前是无边的黑暗，身后也是无边的黑暗。那黑织得很密，浓得化不开，看不到方向。没有方向，你只有高一脚低一脚地走，你有一点点怕，越走越害怕，或许远处有两星"鬼火"，你就更怕……可是，突然就听见了狗咬声，一通狗咬。那声音并不暴烈，只是连声、断句、热烈，还有亲人般的温馨。在黑暗中，听到狗咬声，脚步不由得就慢了，心也就放松下来，眼前就像是有了照路的灯，那狗咬处就是你的灯。也仿佛在给你打招呼，说：孩儿，到家了。

我怀念藏在平原夜色里的咳嗽声或是问候语。那咳嗽声就是远远的一声招呼，就是一份保险和身份证明，也可以说是一种尊严，或许还夹杂着对小辈人的关照呢。在夜色里，那问候也极简短：——谁？——嗯。——咋？——吔。短的、远远的，以声辨人，简单、直白、毫无修饰，声来声去，这里边却藏着亲情，藏着世故，藏着几代人的熟悉和透骨的了解。

我怀念蛐蛐的叫声。每当夜静的时候，蛐蛐就来给你说话了，一声长一声短，永远是那种不离不弃的态度，永远是那种不高不低的聒语。当你觉得孤单的时候，当你心里有了什么淤积的时候，你叹它也叹，你喃它也喃，就伴着你，安慰你，直到天亮。天一亮，它就息声了。

我怀念倒沫的老牛。在槽前卧着，一盏风灯，两只牛眼，一嘴白沫，那份安然，宁人。我甚至怀念牛粪的气味。黄昏时分，在氤氲着炊烟的黄昏，牛粪的气味和着炊烟在村庄的上空飘荡着，烟烟的，呛呛的，泛着一丝丝日子的腥臭和草香，还有老牛反刍时那种发酵过的气味，臭臭的，有一种续命的腥香……它游走在一堵一堵的矮墙后边，温霞霞的，那是一种混杂着各种青色植物的气场。在这样的气场里，你会自如、自贱、心态低低的，也不为什么，就安详得多，淡然得多。偶然，你抬起头，就会听到老牛"哞"的一声，像是要把日子定住似的。

我怀念冬日里失落在黄土路上的老牛蹄印。在有雪的日子里，那蹄印冻在了黄土路上，像一个一个透明的砚台，拾不起来的砚台。偶尔，砚台里也会有墨，那是老牛奋力踏出来的泥，蘸着一点黑湿。夏日里，那又像是一只只土做的月饼，一凹一凹的月饼，印模很清晰，可你拿不起来。你一捧一捧地去捉，你一捉，它就粉了，碎了，那是儿时最好的土玩具……那也是唯一抹去后，可以再现的东西。

我怀念静静的场院和一个一个的谷草垛。在汪着大月亮的秋日夜晚，我怀念那些坐在草垛上的日子，也许是圆垛，也许是方垛。那时候，天上一个月亮，灿灿的，就照着你，仿佛是为你一个人而亮。你托着下巴，会静静地想一些什么，其实也没想什么，就是在想……偶尔，你会钻进谷草垛里，扒一个热窝，或是在垛里挖一条长窖，再掏一个台儿，藏几颗红柿，等着红柿变软的时候，把自己藏起来，偷吃着。更有一些时候，外边下雨的时候，你会睡在里边，枕着一捆谷草，抱着一捆谷草，把自己睡成一捆谷草。

我怀念钉在黄泥墙上的木橛。那木橛揳在墙上，是经汗手摩挲出来的、在岁月里已发腥发黑发亮的那种。上边挂有套牲口用的皮绳、皮搭、牛笼嘴；挂着夏日才用的镰刀、桑杈、锄头、草帽；挂有红红的辣椒串、黄黄的玉米串和风干后发黑了的红薯叶；上边挂有落满灰尘的小孩风帽和大人遗忘了的旧烟袋……如果墙上的窟窿大了，在木橛的旁边还塞着一团一团的女人的头发（那是等着换针用的），或许是一包遗忘很久的、纸已发黄的菜籽或老鼠药什么的。那是一种敢于遗忘的陈旧，是挂出来的、晒在太阳下的日子。

我怀念那种简易的、有着四条木腿的小凳。那小凳到处都是，它就撂在村街上或是谁家的院子里，也不管是谁家的，坐了也就坐了。那小凳时常被人掇来掇去，从这一家掇到那一家，而后再掇回来，一个个凳面都是黑的，发乌。夏日里，有苍蝇落在上边；冬日里，雪把它埋了，埋了也就埋了，并没人在意。当你坐在上面的时候，就觉得很稳、很踏实。那姿态也是最低的。当你坐上去的时候，没有人来推你，也没人想取而代之。

我怀念门搭的声音。夜里，你从外边回来，或是从屋子里走出去，门搭会响一声，那声音"咣"的一响，荡出去又荡回来，钝钝的，就像是很私密的一声回应，或是问询。这时候，你忍不住要回一下头，那门搭仍在晃悠着，摆动着，和日子一样碎屑、安然。

我甚至怀念家乡那种有风的日子。黄风，刮起来昏天黑地，人就像在锅里扣着，闷闷地走，嘴里、眼里都有土气，你弯着腰，嘴里"呸"着，就见远远地风一柱一柱地旋，把枯草和干树枝都旋到了半空中，荡荡的，帅帅的，像是扯起了一面黄旗。当你从玉米田里钻出头，当你从风里走来，当风停了的时候，你突然觉得，天宽地阔，捂出来的汗立时就干了，那远去的风已消失得无影无踪。这时候，你是想跟风走的。此时此刻，你会想，要是能跟着风走，多好。

2013 年

○   ●

时刻准备着 ·······································

早年，计文君是我见过的、唯一背着两手走路的姑娘。

人秀秀的，静静的，却背着手走路。

曾记得，那次见面是在我的家乡许昌，在一个家乡文联举办的创作会议上。散会后，大家都在路上走着，说说笑笑的。唯有文君，一个人背着手走在后面，慢悠悠的，很有心思的样子。落日下，那份沉静和孤独给我留下了深刻印象——这也是我对她的第一印象。

在我的家乡许昌，有一古塔，名曰：文峰塔。也仿佛记得，在那次会议上，我和家乡的作者一起在古塔前照过相。此后就想一向以低调著称的许昌人，也曾如此"狂傲"？也许，依仗的是汉魏古都的那一点名分吧，还有那曹操酒醉后题书的"春穰楼（春秋楼）"，有"老骥伏枥，志在千里"，醉也醉得大气了。

可文君那时还很年轻，一个小姑娘，也刚刚工作不久（好像在银行里数钱?），哪儿来的这么一份从容？

此后她调许昌市文联工作。在一些会议上也有过几次接触，仍是静静的，还显得稍稍有些腼腆，话不多似的。走路的时候，仍是背着手，偶尔会有一跳。

后来再见面，熟一些，就见她笑了。高兴的时候，笑逐颜开。我突然发现，她一点也不阴郁，很明朗。大笑时，咯咯的，还很幽默呢。那时候我才知道，这个背着手走路的姑娘，很不一般。她一边做着文联的工作，一边办着一份刊物，同时还报考了河南大学的现代文学硕士学位，在河南大学读书。她在河大读书期间，一边应付考试，一边写作，文学的电火花一闪一闪的。更让人吃惊的是，她读完了硕士，又接着去读中国艺术研究院的文艺学博士。老天，她研究的方向居然是"红楼梦与古代小说艺术"，这让我十分惊诧。

如果把人生比作一座舞台，那么，在序幕拉开之前，她已默默地做好了准备。可以说，她一直在默默地做着"功课"。在出场前，她为她人生的文学之路做好了最充分的铺垫。尤其是她读文艺学博士，研究"红楼梦与古代小说艺术"，这可是一些"老学究"在做的事情啊。她哪儿来的这份耐性？

想一想，这么一个小女子，她要干什么呢？

此后，就有作品陆续发表出来。先是一篇一篇的，像打冷枪，带哨音的那种，而后就是集束手榴弹了……如《飞在空中的红鲫鱼》《水流向下》《天河》《鹿皮靴子》；接着是《想给你的那座花园》《此岸芦苇》《剔红》《白头吟》《开片》《窑变》《七寸》，等等。这就像是一夜之间，花就开了，灿烂无比！叫你吃惊的是，你弄不清花的准备期，怎么说开就开了呢？

我个人以为，文君的文字是有静气的。我想，这与见识有关，有见识才有静气。（也许，她有一个很不一般的童年？）这就像是一双明亮的、洞察一切的眼睛，却又揣着一颗沧桑的、万般包容的心。她趴在窗口处，静静地看着一个纷纷扰扰的世界。来者来了，往者往了，生生死死，情仇恩怨，都在她的眼里。当她把这一切见诸文字的时候，在明亮里就有了一种岁月的沧桑感。是不是呢？

文君的文字是有诗意的。那诗意包裹着五味杂陈的苦意，你得慢慢品。品的时候，就有一种女性的柔情慢慢地从文字里溢出来。文君文字的诗意是含在情韵之中的，是含在一个个表现女性的细节和话语中的，是细微处见力量。这种诗意弥漫在小说的行文之中，一笔一笔的，是冲着高贵而去的，像是要化开那人生的苦意。是不是呢？

文君更善于在纷乱中构造她的诗化建筑。这也许与她苦读"红楼"有关？她的文本很有些大观园意识或是伍尔夫那种。哪怕是一个小小的短篇小说，她的开篇也是与众不同的。她总是在不经意间下笔，就像在建一座花园或亭台楼阁，她先是开一扇很小的"门"，当你走进去的时候，不经意间却又峰回路转，走着走着，就有神奇出现了，一处一处，美不胜收，气象万千。是不是呢？

当然，文君现在已经是文坛的一棵树了。写下以上的话，只是期望她越走越好，长成一棵参天大树。家乡人在看着她呢。

2013 年

○　●

一块厚重的土地　· ·

这是一块广袤的平原。

当雾岚在大地上升起的时候，你每走一步，都仿佛会听到古文化的呢喃。

是啊，这里有人祖伏羲的陵地，这里有老子的故里，这里的"泥泥狗"以图腾的方式诉说着生命的繁衍，这里也曾是神农尝百草之地，这里的颍水曾浩浩荡荡经淮河奔向大海，这里还是中国豫东平原的粮仓，生长着棉花、小麦、红薯、玉米、大豆、高粱……这是一块热土呀！

周口，这么一块厚重的土地，生长出了一个作家群体。这是一支以丰厚的生活作底蕴的队伍，是一支扎扎实实的、有着火一样激情、充满旺盛创造力的队伍。俗话说，一方水土养一方人。按法国年鉴学派的观点，什么是文化？文化就是一个特定地域的生活方式和思维方式，是文明和智慧的结晶。就此来说，周口作家群的产生，是与这块特定的地域、特定的文化氛围分不开的。应该说，这么一块有着千年文化根底的土壤，就是周口作家群成长的营养源。特别是近年来，周口地区文联为本地区的文学创作做了大量的工作，着力推进本地区各种文学艺术形式的发展，形成了一种发现培养文学新人的良好环境，使这支文学队伍迅速成长，整体水平有了明显的提高，无论创作形式和手法，还是题材和体裁，都有不同程度的拓展。他们的创作实力不断地受到省内、国内文坛的关注和肯定，大有一飞冲天之势。

我以为，周口作家群有一个显著的特点：质朴，踏实，执着。这里的文学态势是"鱼群式"的。记得先是有孙家兄弟孙方友、墨白，从周口淮阳县的颍河小镇一步步地走向全省、全国；后有李少咏、刘海燕两位青年评论家，逐渐在文坛崭露头角；接着是谷禾、尉然、张功林、张以祥、蒋建伟等人的作品，见于省内及全国文学期刊、选刊；再有王向、钱良营、庞曙夫、闫中、孙琳、申艳、李乃庆、张华中、罗镇、董素芝、李涛、李然、孟庆武、戴俊贤、于建军等一批批地涌现。小说、诗歌、散文等各种文学样式的创作，都有了长足的发展，成绩斐然。尤其是长篇小说的创作，可谓连年丰收，去年年底先有王前的长篇历史小说《隋炀大帝》问世，接着是今年《十月》第五期又推出了钱良营的农村题材的长篇小说《金龙湾》，再接着是张功林发表在《莽原》第六期的长篇小说《马年马月》，据说尉然的长篇也已杀青……一个地区，能有如此的创作态势，实在是可喜可贺。

应该说，周口的作家们大多仍然秉承的是现实主义的文学传统，他们各自都有扎实的文学根底，在各自的生活领域里有丰富的生命体验，且多年来一直生活在基层，勤勤恳恳地埋头创作，不事张扬，坚守着文学的信念和水准，认真探索，创作了一大批好作品。他们的文学语言都带有浓郁的地域特色，充盈着泥土的芳香，有着鲜明的时代特点和个性特征。但同时，也期望生活在这片热土上的作家们，能够在现实主义的基础上，让文学插上"飞扬"的翅膀，大胆创新，不断突破，有更多更好的作品走向全国，走向世界。

奉谷主席之命，在"周口作家丛书"（第二辑）出版之际，说了以上的话，实有助威呐喊之意，望周口的作家朋友们一路越走越好。

2013 年

瓦瓶担石泉

已记不得是哪一日了。

好像是一个下午，抑或傍晚？一个漫长、拖沓、叫人疲惫的会议之后，听朋友说有一个好去处。他说，那地方叫"瓦库"。我说瓦库？听来怪怪的……先还有些迟疑，可还是去了。

瓦库在东区，小小的门槛，初看并不起眼，进去后却有些恍惚、讶然。

一步步走在楼梯上，有琴声，有水意，有石磨，还有各样的瓦……走着，那岁月突然静下来，定住了似的，数一数，一瓦一瓦地旧。日子在这一刻像是褪了色，也不是旧，是有些徜徉已久的东西从内心深处泛上来，那又是什么呢？说不清。

是呀，常年碎在日子里，碎在市井的喧嚣中，突然就有了这么一个地方，有了一个名叫"瓦库"的去处，怎不叫人欣喜？

瓦库像是执意要奉送一个诗意的"旧"字，一片扯住时光的宁静，一个隔绝喧嚣的、可以点数旧日人生，叫人"退一步"想想的地方。

坐在这里，慢慢品一口茶，闭上眼，倏尔想起了有姥姥的日子，童年里姥姥讲古的日子。那日子倏尔就醒在眼前：那时候姥姥已是半瞎，拉一张席，在院里的槐树下，对着夕阳，对着一树槐花，讲"首阳山"，或者是"秦琼卖马"……姥姥不在了。

想起了跟着姥爷到邻近村落串亲戚赶会的时光。光脚走在乡村的土路上，热土凉凉、滑滑地亲，姥爷背着手，我也背着手，姥爷手里提着一匣点心，那马粪纸做的点心匣子在他手里晃悠着，还有那大声的咳嗽……姥爷也不在了。

想起了母亲在缝纫机上轧鞋垫的日子。那缝纫机的"哒哒哒"声彻夜响着，夜半醒来，母亲的影子就在墙上映着，那是一家五口人的日月。此时此刻，就这么在瓦库的藤椅上坐着，突兀地，无端地，我脱口叫了一声：妈——

可母亲也不在了呀。

当然，我要说的不是这些。我是说，这里弥漫着一种氛围，一种幽远的诗情和雅意，一种淡淡的由瓦意酿成的磁场，叫人不由得想怀念些什么，就像是走远了的时候，有亲人在宁静处呼唤……还有些戏谑的童趣，是童趣。就像是《百年孤独》里所描写的那样，它会让你想起童年里推铁环的日子……这是一个叫人拾捡旧日时光，叫人追忆些什么的地方。有时候，你突然会想唱，当然是在心里唱，唱童年的歌谣，也不知为什么……

我是说，在纷乱嘈杂的当今社会，在商埠闹市中，有了这么一个养心之所，有了这么一个可以静一静的地方，且与三五好友围坐，让时光洗去一些人生繁杂、茫然与疲惫，真好。

所以，当我想起给瓦库写几句话的时候，突然就想起唐代诗人贾岛的两句诗："竹笼拾山果，瓦瓶担石泉"，就以此为结句吧。

2013 年

○　●

汉魏古都——许昌

离开家乡已久了。

算一算，竟有三十二年了。

而每次提起"许昌"这两个字，依然是一种牵挂，一种藏在心底里的温热，一种永远无法割舍的养育之情。

仍还记得开满荷花的护城河，仍还记得名为"文峰"的古塔，仍还记得曹操醉酒后题写的"春穋楼"，仍还记得"关公挑袍"的那座小桥，以及儿时民间口口相传的"毓秀台""藏兵洞"……若是再加上曹操"老骥伏枥，志在千里"的名句，还有那裹着"汉魏古风"的荷叶煎包之类，就更让人感念岁月的蹉跎了。

仍还记得流传于民间的很多典故。如禹州，不但出天下闻名的"钧瓷"，还有神垕出美女"貂蝉"的民间传说。况且当年，九州十三县的中药材都要从这里过一下，药才灵验。因为这里是古时的药都啊！

如鄢陵，也曾是历史上宋朝的后花园，是专门给大宋皇家培育花木的地方。这里一马平川，生态环境好，气候温润，雨水丰沛，是"南花北迁、北木南移"的中转之地，也被人称为中国的"蜡梅之都"。

如长葛，不仅是古代"乐神"葛天氏的故地，有天下闻名的"擂鼓石沟"，还有一个民间流传的关于"和尚桥"的故事……

再如襄城县，据闻襄城县曾是周襄王的封地，此县有八景："乾明晓钟""紫云藏雪""高桥揽月""龙池晚钓"……都是极富民间想象力的。这里还是现当代的"烟叶王国"，是中国最早种烟地之一……

许昌方圆是汉魏古风的浸润之地。在这里，侠义与豪气并存，特立独行与谦忍平和同在。

许昌人是勤劳的。这里的每一寸土地都是经人工修饰过的。无论朝代更替，世事变迁，人们依然不改勤劳持家之风。

许昌人是最讲尊严的。在这里，人们"脸面"胜过金钱。民间广为流传的一句话是：人活一口气。

许昌人是乐观向上的。无论阴晴圆缺，世事变幻，这里的人打掉牙和血吞，出了门都是要面带微笑的。

当然，如今的许昌，已经荣膺中国优秀旅游城市、国家园林城市、国家卫生城市、国家森林城市称号了。听说正在向"五型许昌"，即"智慧许昌、创新许昌、美丽许昌、文明许昌、幸福许昌"进军。昔日的见面语"吃了吗"也早已换成了"你好"。

祝愿家乡越来越好。

2013 年

关于散文 ·······································

我对散文一向是有敬畏之心的。

从广义说，大散文谈的是人类境界，小散文写的是人生态度。我们的祖先已把标尺拉得极高，磕头都来不及。从春秋战国始，诸子百家，各领风骚，已达顶峰。且不说孔子作为儒家学说的鼻祖，一本薄薄的《论语》，已成为一个民族千百年的精神指南。再如老子的《道德经》，一句"道可道，非常道；名可名，非常名"就有无数文人骚客作千百种的注解。庄子的《逍遥游》，一句"大鹏展翅九万里"恐已达到人类想象力的极致。

论写人生态度，当代自然也有很多写散文的名家名篇，如史铁生的《我与地坛》、贾平凹的《商州三录》等，从思理深度、人生探究、风情抒写，怕是也已达到了相当高的水准吧。还有很多，不一一赘述。况且，散文还有一个最显著的特点，那就是"第一人称"写作。"我"一旦出现在文字里，作者本人就无处可藏。无论你怎样修饰文字，一个人的心性总会从文字的缝隙里渗出来，藏是藏不住的。怎么说呢，散文应是最讲品格和情操的吧。

　　究竟什么是好呢？我曾在一本旧县志上，读到这样一则记载。说此地有三景：一塔、一庙、一桥，算是古迹。兴趣所至，就去访了。那塔是清代的，有乾隆的御碑为证；庙是文庙，供奉的是孔子、老子和释迦牟尼，这又叫"三教合一"；唯那桥，是没有的，只记述在县志上。上言此地有一景叫"高桥揽月"，那桥究竟有多高，志书上没有记载。据民间传说，古时有一孩子，爬到桥洞里掏鸟蛋，一不小心，鸟蛋从桥洞里掉下来，鸟蛋落呀、落呀、落呀，小鸟竟在落地之前脱壳而飞……就是说，那鸟蛋竟然在下落过程中奇迹般地完成了孵化过程。

　　那么，这"桥"的高度呢，仍然没有人知道。

2013 年

夜游珠江 ·······································

　　已经是第三次来广州了。可对广州的印象，却是一夜间好起来的。前两次都是来去匆匆，也为着一点什么，时过境迁，并未留下很深刻的印象。这次略有不同，作为《香港商报》作家采风团的一员，只带了"眼睛"和"耳朵"行走，相对的轻松，还真的是走进来了。

　　应该说，作为一个外地人，真正认识珠江三角洲，认识了广州秀美柔和的一面，是在那天晚上。一个城市，若是有了一湾活水，就有了温润和诗意，有了滋养和凭借，也就有了风光和气象。珠江龙摆尾似的，在广州这么弯了几弯，就弯出了旖旎的情怀，弯出了南国的雅致与秀丽。

　　那天晚上，我们受邀乘船游珠江。华灯初上，南国的珠江之夜是风韵多姿的，水与灯相映，桥与船应答，两岸高楼的霓虹灯闪闪烁烁，迷离的色彩仿佛要在水中写尽女儿国的万紫千红。但我要说的并不是这些，我说的是"生意"。需要特别说明的是，我这里所说的"生意"，不是贸易，也不是交易（当然，这里是海内外有名的南国商埠，是对外贸易的口岸）。我说的是"过日子"，是一个城市的味道，或者叫生活态度。这是要细细品的。

是的，这也是我的惊诧之处。坐在船上游，看夜幕下的广州，两岸风情尽收眼底。灯光下的广州，楼贴着楼，窗挨着窗，檐檐相连，密度极大。影影绰绰地，在一幢幢茶肆酒楼里，处处可见"晚茶"食客们的剪影，汤汤水水的汁香气漫散在夜空里，仿佛那常人的日子近在眼前，逼仄而又亲近……人声，桨声，水声，市声，声声鲜活，就好似当代的一幅《清明上河图》……行走间，忽闻有娇娃高声道："看，小蛮腰！小蛮腰！"何为"小蛮腰"呢？南国美女吗？不好意思，叫人禁不住四下去寻。可抬头往前一看，呀，这"美女"怕是当世无双了。凭栏远望，夜幕下的"小蛮腰"婀娜多姿，高高在上，真像是从天国走来的南国美女，正一阶阶走下T台，细腰柳态，顾盼生辉，不时变换着装束，一时粉裙，一时绿裙，一时蓝裙，那裙裾映在水面上，荧荧地、闪闪地、梦幻一般地缓缓飘落在水面……呀，不禁让人看得发呆！

再近些时，便知这是目前世界上最高的广州电视塔了。这电视塔的造型可谓美轮美奂，如今已成了广州的标志，所以百姓们昵称为"小蛮腰"。塔高达六百米，仅塔身观光平台就高达四百五十四米。站在观光平台上，凭栏远眺，整个广州城尽收眼底。

我当然知道，广州一向是开风气之先的地方。它既是当年辛亥革命的发源地，也是中国改革开放的最前沿，但是，最让我惊讶不已的，还是广州人的生活态度。

后来，当我先后体验了每天流量六百万人次的广州地铁，参观了南国最大的华南植物园，游历了花城广场，特别是走进一个个街口小巷，在逢源街等社区访问民间生活状态时，就更多地体会到这里平实而又昂扬的"生意"——当然是生活的"生"。

在我原有的印象里，广州是特大城市，是充满竞争意味的商埠重地。

可所到之处，无不体现着浓郁的、真正城市化了的、南国广州独有的生活况味。这生活况味不仅仅是早茶和晚茶，也不仅仅是珠江的秀丽、南国的万紫千红，甚至还有些"保守"——一个写满辉煌历史的光荣城市的持重和保守。我惊讶于楼房的密度，惊讶那种踏踏实实过日子才会有的逼仄；惊讶于写在时间中的老旧牌匾；惊讶于巷口与巷口间的交叉错落；惊讶于窗窗相闻、檐檐相亲、卖声互应；惊讶于贴窗生长的一盆盆花草；惊讶于在大变革的岁月烟云中仍保持不变的"吃茶"功夫和生活常态……抑或可以称为"市井之声"，是没有口号和标签的、活鲜生香的"人间烟火气"。

是的，我对广州的印象一下子就好起来了。

2014 年

○ ●

潮汕的信使 ·····································

汕头我还是第一次来。

海的气息越来越近了，风是不是有点咸？

在古老记忆的传承里，对一个平原人来说，南中国潮汕之地，大约是称为"番"的，这似乎有一点惧意或者是拒意，是不是呢？在我的认知里，这大约算是遥远和陌生的代名词吧。

作为一个平原人，作为《香港商报》作家采风团的一员，第一次走在古南越国的土地上，饱览了飘散着海洋气息的南国风光，自然就有了许多感慨。

大海就在眼前。走在潮汕的大街上，空气里、阳光里处处有海的气味。在这里，走访了有八百年历史的古镇，参观了当代中国保存最完整的古炮台，游览了南中国唯一的海岛县——南澳岛，还有潮南、潮阳的一些地方，品尝了潮州菜肴的美味，在南中国阳光的熏染下，风咸咸的，岛屿、大海、沙滩、北回归线的自然之门……一个不大喝酒的人，似乎也有些许醉意了。

是啊，潮汕也是南中国最早改革开放的窗口之一，是开风气之先的地方。但在这里，让我吃惊的是，传统意义上的文化居然保存得很好。以我的理解，这里是"儒、释、道"三教合流，且把精华部分保存最好的一个区域。给我印象最深的，当是那座侨批文物馆了。

在汕头的侨批文物馆里，我一下子愣住了。我像是站在潮汕人百年惊心动魄的出洋史面前，那一封封家书像是历史画卷，书写着潮汕人漂洋过海的异邦奋斗史和血泪史。那一个繁体的"難"（难）字，写尽了侨胞出洋打工的艰辛和对家乡的思念之情。那一封封批书既有"明批"，也有"暗批"；既有寄款数十万的成功者的大"批"，也有汇款一元，仅报平安的小"批"；既有"口信批"，也有情意绵绵的"思乡批"……这不由让我想起杜甫的诗句："烽火连三月，家书抵万金"，那一个个工工整整的繁体字，就像是一个个在异邦拼搏的华人在岁月里行走。是啊，一个民族的文化，就含在那一封封家书的文字里。

站在侨批文物馆的大厅里，我的精神有些恍惚。我仿佛在一封封批书的后面看见了一个人，一个漂洋过海行走在百年历史中的人。那一封封"批书"，都是有名有姓的。那么这个人呢，送信的人呢？他该叫什么呢？信使，或是"送批的人"？是的，我像是看见了"他"，这个隐身在岁月中、隐身在书信背后的人。就是"他"，戴斗笠，穿草履，挎"批匣"，一次次地漂洋过海，带着万千侨胞的嘱托，带着同胞辛辛苦苦挣来的血泪钱，不惜以性命为代价，长年累月，孤独地走在送"批"的路上。那是一个个远渡重洋的日子，海啸，风暴，巨浪滔天……"他"又是怎样逃过那一个个劫难的？是什么样的信念使"他"没有携款潜逃？又是什么样的信念使"他"为一诺不惜长年奔波在充满凶险的大海上？这一切都为着什么呢？

是的，这里是有一个字托底的，一个大写的字。"送批的人"肯定是怀揣这样一个字行路的。在海外打工的侨眷们敢于把捎往家乡的深情和血汗钱托付给"送批的人"，也是以一个字垫底的。这是一个个"信"字。有了这个"信"字，"批书"已不等同于一般的家书，它是中华民族传统文化中最精华的部分——仁、义、礼、智、信中的那个"信"。所以，在潮汕，在侨乡，它是重托，是最大的信任。于是，上升为"批"了。

那么，百年之后的今天，在南国，在民间，还完好地保留着这个"信"字吗？

2014 年

○　●

海上生明月

··

　　若是给你三天时间，让你选一个地方，你会到哪里去呢？

　　这怕是要想一想了。在这个世界上，你去过一些地方，还有许多地方你没有去过。你想去的地方很多，美丽的、让人向往的地方也很多。可是呢，这需要时间，也需要机遇和缘分，是不是？

　　在你模模糊糊的记忆里，好像有人给你说过一个什么"岛"。究竟是什么岛呢，记不大清了。就是有这样一个"岛"，一直存在你的记忆里，它像是等着你呢。

　　这就像是一个梦。有些突兀地，你做了一个梦。一个与大海有关的梦。

　　于是，2014 年 8 月的一天，暑热还未散去，很恍惚地，你来了。

　　大连你也是第一次来，美丽的大连——这也是你听说的。这得感谢大连日报社的肖正和人民文学出版社的胡玉萍，是他们给了你这么一个机会。这就是缘分。

　　你是从天上"飞"过来的。先是坐飞机，而后是汽车，再后是船，约三个小时的渡船……你有些心慌。是"渡"让你心慌，是那无边的"蓝"

让你心慌。在船上你就失去了方向，你傻傻地注视着那"蓝"，不知道你将"渡"向何方……在这里"海天一色"就不仅仅是一个词语了，这里的"蓝"是可以醉人的，它是梦幻和诗的组合，是无边无际蓝色梦幻的放射。你整个的身心都是飘着的，你像是被裹进去了，却不知射向哪里。你失重了。

在内心深处，你还有一种恐惧感。你是在平原长大的。在你的青少年时期，你有二十多年时间没有离开过平原。这里一马平川，无遮无挡，无山无水。在平原，风与尘是联系在一起的。当风从平原上掠过时，由于无阻无挡，地上的尘土自然会随风荡起，风刮来刮去，就显得"厚"多了。你曾给人说，在平原，没有一片树叶是干净的。那就叫"风尘"了。所以，大山大海在平原人的心里，就成了一种诗一般的想象，成了可以祭祀的象征。比如，早年这里的房屋可以分解为"山"和"龙"等（南墙就是"南山"，北墙就是"北山"；屋脊就是"龙脊"，瓦檐就是"流水"）的；还有那猎猎的小旗和屋顶龙形雕塑，都是对山水的敬畏与朝拜，也是平原人对山水的渴望与迷恋。尤其是在少年时期，那时候你还只是一个黄土小儿，大海是从书本里、歌词里"啊"出来的，那"啊"完成了你无数的梦中想象。虽然后来你走过了很多地方，大海仍然让你心生敬畏。

在一望无际的大海上，"沧海一粟"就不仅仅是形容了，那是真的渺小。在大海上，你已充分地体会了人的渺小。终于，脚下一稳，你上岛了——獐子岛。

北纬39度，獐子岛就静静地坐落在北纬39度的一个点上。

獐子岛没有獐子（也许，历史上是有过的）。它就像是一个世外桃源，平和、宁静、安详。这里没有雾霾，没有PM2.5，没有刮来刮去的尘埃，没有汽车的噪声，阳光像水一样温润，那蓝天干净得像画册，树叶绿得妙曼，只见一座座白墙红瓦的欧式建筑隐约在绿树丛中。虽然仍是夏日，但只要一站在阳光照不到的地方，就会感受到凉意，那凉意是爽的、润的、丝丝缕缕的。似有风，也是看不见的、悄悄流动的湿润，诗化的、水一样的湿润，这就是海洋性气候给人的感觉吗？

据说，獐子岛面积约有十五平方公里，生活着一万多渔民和他们的后代。在短短的三天时间里，你已充分地感受到了这里的安逸和富足，那是写在脸上的。你听说，这里生老病死是全管的。这里有免费的幼儿园，免费的学校，免费的养老院、卫生院，免费的图书馆，甚至孩子出外读大学也是有补贴的……你跟着参观了这里的童话一般的幼儿园和小学校、养老院，红色的尖顶塔楼里，处处都有歌声。在当今焦躁不安的商品世界里，这里的安详就显得格外的动人。这里就像是一个完整的、有着理想主义特质的福利社会的缩影。可你还是有些诧异，这么一个孤岛，虽然有着诗一般的美丽，可他们靠什么生活呢？

后来我才知道，他们有自己的银行——"海底银行"。这银行是獐子岛人的具有革命性的一种创造，是极富诗意和想象力的创造。环岛十五万亩的确权海域，就是他们创造的"海底银行"了。

记得当年，你作为中国作家代表团的一员，出访俄罗斯的时候，有一位俄罗斯作家曾自豪地告诉你说："商人之间的交往，是你给我一个苹果，我给你一个苹果，这样他们各自手里只有一个苹果；而作家和艺术家之间的交往，是你给我一个思想，我给你一个思想，这样，我们各自至少会有两个思想。"当时，你对这句话赞叹不已，深以为然，觉得他说得太好了。可是，多年后的今天，当你站在獐子岛上的时候，你突然觉得这个作家的话未必就完全正确。

是啊，当獐子岛人把祖祖辈辈单一的"捕捞"方式转变为"海洋种植"方式时，那就不是一个"苹果"与另一个"苹果"的交换，而是思维方式的巨大变化，是革命性的变化。你以为，在这里是"思想"生产了"苹果"。这里有最先进的具有生物工程意义的"育苗厂"，有海参、鲍鱼、扇贝、海胆等各种名贵海产品"育种工房"，这里有最先进的海底播撒技术，于是广阔的海域就成了獐子岛人的无公害、无污染并最大限度保留其野生品质的"海底银行"。这里的带头人是值得尊敬的。

说实话，你已有大约二十年的时间不吃海鲜了。首先，你在平原上长大，你本就是食草民族的后代，你从小喝糊糊长大的，大海离你太遥远了，它只是你的梦境和诗意的"啊"。其次是你的恐惧。大约二十年前，你曾参加过一次"十月笔会"。也就是那一次，在东山岛，在面朝台湾的东海前沿的大海边上，你曾放浪地吃过一些海鲜。记得那晚的月亮很大，篝火通红，人们在海滩上支起一口口大锅，爆炒鲍鱼等各种海产品……多么浪漫！可是，可是呢，你的肠胃太土鳖了，你就此坐下病了。回来后，你花了一年多的时间修补你那贫贱的、不时翻江倒海的肠胃。你因此懊悔不已。从此，你就再也不敢沾海鲜了。一进饭店，一说海鲜，你就躲得远远的。

这一次，登上獐子岛的时候，你本意是坚决不吃海鲜的。你还悄悄地给自己下了一道命令，嘱咐自己千万别吃，接受沉痛教训。你对自己说，吃面吧。你平原上的胃，就是吃面的命。可是，可是呢，你经不住诱惑，还是吃了。你不仅吃了经过加工的熟食海鲜，你还生吃了扇贝等多样海产品。是啊，你跟众人穿救生衣坐船出海，看渔人潜水捕捞。当鲍鱼、扇贝、海胆、海星……活鲜鲜地从海里打捞上来的时候，你也有些小小的激动。热情的主人把刚刚打捞上来的海鲜，当场在船上用刀切开，割成小块，一块块分给我们，说：尝尝吧，这是最鲜的，绝对没事。开始你是不吃的，你一再地摇头。可盛情难却，最终你没能看住你的嘴，还是吃了，生的呀……看来，你还是经不住诱惑呀。从海上回来后，你渐渐有些后怕，你怕你的胃再次翻江倒海。可你竟然没有出事。当然，这只能说獐子岛的海鲜品质好了。再就是，吃海鲜时，你也稍稍地喝了一点点白酒。这也许就是你那"平原胃"没有再出问题的原因之一？感谢獐子岛，它复活了你的海鲜口福。

将要离开獐子岛的那天晚上，你独自一人，在岛上走了很久很久。夜空里，天很远，群星璀璨，一颗颗星星亮得晶莹，月亮灿灿的，又大又圆，叫人不由想亲近它。如今，在平原上，你已很难看到这么亮的星光了。空气湿湿的，你深深地呼了几口气，再次品尝着空气的鲜美。走着走着，你能听见自己的脚步声了，一踏一踏的。也许是心跳？你再一次有些恍惚，竟不知身在何处……是啊，梦一样，那安详，那宁静，真有点让人乐不思蜀了。

大海就在眼前，像无垠的、深蓝色的幕布……那么，这里将演出的是一场人生大戏吗？

2014 年

○　●

呼唤善意与明亮

秋了。秋天是收获的季节。

可我一直在想，这是怎样的一双眼睛呢？他都看到了什么呢？于是我想到了一个句子："车灯照到的鹿"。就是这样的，车灯照到的鹿。这是一双鹿眼。

我的老友，也是同时期起步的作家南豫见兄，就长着这么一双大大的"鹿眼"。他的目光里时常露出一丝惊诧的神情，或者说是饱含着岁月疑问的神色，甚至包括他激动的时候，二目圆睁，那眼球就像要跳出来似的，可那终归是以善为底的。后来我才知道他是在当年的黄泛区农场长大的。这么说，他最初的记忆，是在一个黄泛区曾经的"农场"里完成的。

我们都算是上世纪 70 年代中后期起步的作家，那时候文学是我们的滋养源泉。我们的童年，到处跑着借书看，几乎都是在书本中畅想、体味人生美好的，比如苏联小说《钢铁是怎样炼成的》，我们身上的理想主义情怀，大约就是那时候种下的。我记得当年，年轻的豫见兄曾经自备干粮报考过北京的电影学院，据说考分很高，他现场表演的小品，曾经感动得评委老师们当场落泪。可由于种种原因，他还是落选了。如若不是的话，他也许会成为一个中国的"姜文"或"张艺谋"也说不定。

这一说就过去三十多年了。在三十多年的时光里，南豫见兄一直投身于文学创作，他先后创作了《生命原则》《生命激情》《百年恩公河》等八部长篇小说，《皇天后土》《小和尚拆庙》等两部中短篇小说，《日落日出》《生死较量》等两部长篇电视连续剧，算起来洋洋洒洒，也有几百万字的著作了。

我个人认为，一个人的童年对一个作家来说，是非常重要的。童年的记忆几乎可以左右一个人的一生。就此说来，豫见的这部名为《家庭荣誉》的长篇小说，已在他的脑海里浸泡得久了。那么，年过半百的、长着一双"鹿眼"的南豫见一定是被什么东西惊扰了。是时光的多色与纷杂吗？

捷克作家米兰·昆德拉有一部著名的作品《生命不能承受之轻》。他说："在那永劫回归的世界里，无法承受的责任重荷，沉沉地压着我们的每一个行动。"他又说："如果永劫回归是最沉重的负担，那么我们的生活就以其全部辉煌的轻松，来与之抗衡。可是，沉重便真的悲惨，而轻松便真的辉煌吗？"

按我个人的理解，米兰·昆德拉是写"轻"的。他书写"生命之轻"，以"轻"来写"重"，以音乐的回环往复的方式，来书写生命中不能承受的"轻"。而南豫见的《家庭荣誉》则是以"重"来写"重"的。他是以记忆的沉重来书写生命的荒诞，以时间的荒诞来书写记忆的悲惨。他似乎是把时光扔在了"井"里，而后再用思考的绳索去打捞记忆，就此再一次证明了"永劫回归"的荒诞。

我也必须说，豫见的这部长篇是审丑的，是写实主义的审丑，由此也把特定时期的荒诞推向了极致。我们都知道，在一些岁月里，我们曾经有过的日子，那日子充满了荒诞，充满了经过时间淘洗后才能认识到的"不可思议"。但我以为，他的基点还是"善"的，是"明亮"的。他把旧日时光撕烂给人看的同时，他内心的道德感，他心灵深处的标尺，仍还是存在的。他文字中的评判标准非常之明晰。他开篇就写了"向日葵"，而后不断地以"向日葵"的鲜艳与明亮来对衬生活中的阴暗与丑陋。这就像是一把刀，以善为基点的手术刀，来切割时间中的荒诞与丑陋，把污秽和阴晦晾晒在阳光下，以此来唤醒人们的善意、健康与明亮。

这又像是一次呼唤和警示。他呼唤的是人间的正气与生活的勇气、骨气。他要告诉人们，人一旦丧失了底线与善的标尺，是多么的可怕。他呼唤的是纯净的空气与美好的生活，以及有蓝天、白云、青草依依的时光。正因为有了以真、善、美为底的心态，才对假、恶、丑有如此的揭示与批驳。

这部长篇若说到不足，我以为，仍是他以"重"写"重"的结构方式，与米兰·昆德拉相比，就稍显拙了些。

也许是他的记忆太深了。是不是呢？

2014 年

○　●

宽阔与丰富　　······································

　　与奚同发认识很久了。

　　那时他二十多岁，年轻，也还谦虚。可我知道，其实他内心是个很骄傲的人。只是被文学折磨着，身不由己，期望着张开所有的毛孔吸收前人的经验，而以低调示人。

　　据我所知，同发给河南文学界做过很多工作，这也与他的记者身份有关。但热爱不热爱，还是不一样。在他的本职工作之外，他还主动地兼着上海《文学报》和中国作协主办的《文艺报》河南特约记者。凡文学界的活动，他都积极参与，给省内外的作家们写了很多推介文章。所以，人们都知道"名记"奚同发，而作为作家的奚同发，却常常悄没声儿地隐身在幕后。

　　其实，这时的奚同发已在各样的文学刊物上发表了不少的文学作品，他对文学的执着也是常人不能比拟的。

　　他有一个默默的修炼过程，他曾经尝试过各种各样的文体样式，以期找到突破的方向。在这期间，他的作品也多次被各类选刊转载并获奖，文笔也逐渐地形成了自己的个性特点。他的句式有点像是奔跑中的刀子，迅捷、敏锐、有热度，以期在快节奏的生活中找准下刀的方向。

特别是近期的创作，如《雀儿问答》《日子还将继续》《没时间忙》《彼此》《烟花》等一系列作品，对多元、驳杂、无序的当代生活进行近距离的剖解，对都市生活中疼痛并憧憬着的各样人生，进行心理切片式的分析与研究，尤其是对当代都市青年的焦虑与茫然，对当代青年在互联网上的虚拟生活的解读分析，常有独到之处，下手很准，有的细节可以说是入木三分。

同发作为记者，对当下都市青年的生活有广泛深入的接触和了解，他的表述方式也逐渐多元、丰富、宽阔，每篇作品都有不同的切入方式，都有他个性化的思考，尤其熟悉当代青年的网络语言，好像进入很"嗨"的较为自由的境界了。

最难能可贵的是，他找到了自己的写作方向。

在他的作品中，"我"的介入，正说明了这一点。比如，对当代青年的心理剖析可以说是他的强项，他把"我"扔进去，与同时代的青年生活一同煎、炸、烹、炒……这就是说，他在钢筋水泥铸就的都市丛林里摸爬滚打，终于找到了撬开时代生活的"密钥"。

于是，他有了专属于自己的写作领域，或者叫"领地"。这是一个作家走向大气象的开始。

期望他有更多更好的作品出现。

2014 年

清水里的刀子

这是秋天吗？或者说已是深秋？

在月白风清的夜晚，万籁俱寂，站在水边上，似也风平浪静，但渐渐有寒气从水面上溢出来，一凌一凌，一波一波，带有光影，逼得人不由想退步。水是那样的清澈，波光随着寒气漫上来，那光是一刃一刃的，跃跃的，似有杀声！细看了全是刀子，洗在清水里的、亮着锋刃的——刀子。有多么久了，那利刃在水里磨砺？也许先是在火里蘸过，千锤百炼后就这么丢在水里洗？不知磨洗了多少年，洗出了一刃一刃的光芒与寒气，那刃光从水面上舞起来了，凛凛、粼粼地神动着，刃光清峻，寒芒四溢，虽有杀气，但钢钢的，端的是正声……这就是我对云平先生楷书的印象。

紧接着，像是有什么飞起来了，漫天的飞刃，漫天的凌厉与寒光，或者是飞矢一簇，或是倏尔流过（叫人一惊）的带芒儿的灯影？耳畔似有金石之声响起，倏尔又远去了，钢灿灿余音一缕，干烈烈毒蚕一丛。或者是风卷黑云一般层层压过来，重得叫人透不过气时，紧接着就有雷电之声炸响，搅起一天的飞扬……这就是我对云平先生行草的印象。

　　说实话，我与云平接触时间有限。他曾是郑州市美术馆馆长、郑州画院院长。也算是省会城市的一方小神仙。因执着于书法艺术，就调到省书法家协会来了。那时我还在文学院，他在书法家协会，偶尔开会见了面，也就相互点一点头，并不算熟识。也许是机缘巧合吧，河南省文联在一个陋院子里住得久了，乘着改革开放的东风，终于连筹带要地弄了一些钱，要盖文联大楼了。我们也就阴差阳错地走在了一起，成了基建小组的人。是呀，一个书法家和一个作家来参与搞基建，这着实有些荒唐。但是，在省文联这么一个穷单位里，盖楼毕竟是件大事。这时候，我才算结识了云平。

　　据我了解，云平先生平时是很沉默的。也许是长期执着于书法艺术的缘故，平时话不多。但是，你见过他拍桌子的时候吗？那就像是一头狮子，暴跳如雷！省文联盖大楼，文人的短处就显现出来了，什么都缺，求人的地方太多，各个衙门都要去协调……记得云平好像是协调水、电、暖的，腿都跑细了。不记得是什么缘故了，在基建小组的会议上，云平突然爆发了，他一下子蹿起来，咚咚地敲着桌子，两眼圆睁，就像狮子一样，大声地咆哮……就在这一刻，我真正认识了云平。

　　古人说，文若其人。我以为云平的书法艺术，正如他的性格一样，是纯个性的，是淬过火的。在平静的外表下，隐藏着滚烫的炽热的内核。我甚至认为他是一个用生命来铸造利器的人。他的所有锋芒都在他的书法艺术里。从他的字底里你可以听到纯纯当当的钢音，悯悯幽幽的诗情。仿佛在一望无际的大草原上，两军对垒，战旗猎猎，战马在嘶鸣，战刀已出鞘，寒光蔽日，杀声四起……这里的每一笔都是带有杀气的。从他的字里可以看出，如若在战场上，这也是一个决不后退的人。

　　当然，说过了"杀气"，我还要说说"飘逸"。我以为，云平的文字里是有魏晋之风的。既有刚烈、率真、锐利、特立独行的一面，也有通脱、飘逸、淡雅、守身如玉的一面。动则飞刃在天，一腔热血泼上去，或是"大漠孤烟直，长河落日圆"；静则"采菊东篱下，悠然见南山"，或是"明月松间照，清泉石上流"。他自己也有"唯心、守志"一说，这就是人生境界了。

现在，云平先生已经是河南书协的副主席，成为河南书法界的领军人物之一了。记得在某一场合，有人叫他老云，有人叫他云老师、云大师，他通通都是微微一笑，淡淡地。人淡，心淡，字也淡，收去了不少锋意。我以为，云平的楷书、隶书已至大境，金石之气力透纸背，镂刻铸造之意弥漫全境，且有万钧力化绕指柔之感。静中有动，动中有守，钝意含在锋里，刃气游动着飘逸，这就意味着心境的诗化了。到了这时候，仍然是人淡如菊，这就是气象了。

说实话，我并未询问过云平的师承。在他的书法艺术里，我不仅看到了魏晋之风，也看到了唐宋大家的底力，甚至还有汉家气象的影响……这也许正是他"见异思迁"博采众长的结果。据说，云平作为中国书协楷书委员会委员、"中原书风"的实践者和代表书家之一，在书法创作之余，还潜心研究书法理论，先后著有《行书创作中横画重复出现的变化方法》《行书左右结构的变化方法》《雨字头重复出现的变化方法》等著作，尤其对汉字结构中的"雨头""银钩""蚕尾"等都有其独特的研究与探索。我以为，云平正是博采古人百家之长，潜心钻研，长期修炼，才铸造了他书法艺术中飘逸洒脱、极具个性特点的"云字"。

在云平先生书法集出版之际，说了以上的话，不知妥否？

以示祝贺。

2015 年

关于文学语言

我不知道什么是写实小说，真的不知道。

怎样算写实，怎样又不算写实呢，仍然不清楚。好像评论界对此做过很多界定，还是由他们界定吧。

我觉得，写作是作家对世界发出的一种声音。这声音完全是个性化的，是作家个人的声音。作家使用文字来抒写生命，在这一过程中，由于使用语言的方式不同，也就有了"声"的不同。

语言与思维是密切相关的，语言的表达方式也就是作家的思维方式。每一种表达都渗透着作家所有的生命体验和思维过程，囊括了不同作家不同的生存地域、不同的血脉迁徙、不同的水土气候、不同的土壤稼禾……就此而言，表述的差别是思维和思维方式的差别。从这个意义上说，语言就是思维。

文学的确是有品位高下之分的。文学层次的差别，就是思维层次的差别。作家的语言是作家对世界的认识，对人类生存方式的思考和表述。这是纯个体的思考和认识，是唯一视角的诉说，是个体在生命燃烧过程中，用血肉煨出来的文字（那种仅仅描摹生活、拍照式的写作，无个体思维折射渗透的写作，应不在此列）。这样的语言可以很具象，也可以很抽象；可以是形而上的，也可以是非常形而下的。作家想怎么写就怎么写，想就是他的思维方式。思维方式界定着作家的诉说方式。至于评论家对作家如何界定，那是另一回事。

语言的密码是作家思维的密码。作家在个性化的文字里是无法隐藏自己的。他的文字把他的内心世界、思维流程和盘托出，裸露给世人。这是一种生命解剖式的展览，是追索灵魂式的展览，是对一个作家从内到外的破译。越是高品位的艺术创作，创作者越是无法隐藏自己，他无处可藏。他掏出自己的心对世界说话，每一个词汇，都是破译他的密码，世人可以从中清晰地看到作家的人生导向和思想脉动（当然，这是指一定层面上的读者）。有时，他的声音是沙哑的，像杜鹃啼血；有时，他有些变形，似魔鬼缠身；有时他的语言如决堤之江河，一泻千里；有时他表现得静如处子，脉脉含情；有时他理智得像个术士，冷静内敛；有时他狂浪得如同妓女，淫荡恣肆……这是个用心血喂养的营生，是个终生积累却又零割碎卖的行当。

过程是无法超越的，人类发展的阶段性决定了作家思维的阶段性。任何一种超前都只能是阶段性的超前，人类的思想和语言却没有终极。因此，作家在使用文字发出声音时，这种声音的表述也是阶段性的，常常是回旋往复的。表述方式的回旋往复折射着思维上的回旋往复，这是无法定位、没有终点的回旋往复。而正是这种无定位、无终点的回旋往复，战胜了时间的磨损，战胜了人类生存、人类记忆的有限性，从而留下了永恒的印记。

生活在前行，当真正的文学语言应当向更高境界冲刺的时候，我却看到大量作品为了迎合市场，文学语言在下滑。一些作品没有思想的火花，没有了生命的血性，失去了个性特征。文学与市场、与段子、与快销产品合谋合流，使文学处于十分尴尬的局面。

反之，当文学滑向平庸时，读者的欣赏品位却在一步步提高。广大读者已经一步步迈过了古龙、金庸、琼瑶、三毛……他们需要能满足他们更高精神需求的作品。

所以，我坚持认为写作是作家个人的事情。我坚持认为文学是语言的艺术，文学语言是作家思维的体现。我坚持认为不管怎么写、写什么，都是作家对社会发出的声音。我坚持认为，文学不应是大众的附庸，而应是人类生活的先导。

2015 年

登山者

天高云淡，已是秋天了。

在秋天的一个日子里，在柿子红了的时候，有人给我送来了程韬光的《刘禹锡》。《刘禹锡》厚厚的，一直在床头放着。这时候我的枕边有两本书，一本是马尔克斯的封笔之作《苦妓》，一本是《刘禹锡》。每天晚上，睡觉之前，我在两个国度里游荡，一会儿是哥伦比亚，一会儿是唐朝。走得远的时候，也就是灭灯的时候了。

与韬光认识有很长一段时间了。在一些会议上，常见他来去匆匆，四处求教，眼光里常带着求学者的谦恭和认真。而一瞥之间，眼神里时不时会飘出一丝怒发冲冠者的傲气和决绝，是不是呢？后来省文学院从培养青年作家的角度办了一个"高研班"，他成了这期高研班的学员。而我，假以年岁，名义上也成了这期学员的指导老师之一，和他接触自然就多了。从文学创作的角度来说，所谓的老师是假的（也就跟学员座谈过一两次而已），学员则是真的。他们都很努力，韬光应是他们中很勤奋的一个。

后来我才知道，在这批学员中，独程韬光是一个逆潮流而动的人。应该说，这十年是中国经济发展最快的十年，也是物欲横流的十年。有很多人一夜之间暴富，不仅腰粗了，连说话的声音都洪亮了许多。而程韬光，却偏偏一头扎进文学的陷阱里去了。他本是商界的一个弄潮儿，且毕业于中南财经大学经济法专业，又是省城一个大型商业集团的高管，既得天时又占地利，本该是"仰天大笑出门去"，满地捡银子的时候，弄不好很有可能成为商界大鳄，他却苦哈哈地翻山越岭走进了"唐朝"故纸堆里。一个人，怎么就傻到了这种程度呢？就此说来，文学真是害人不浅哪。

在中华民族数千年的文明史中，唐朝有许多不可逾越的高山，那也是一座座文学殿堂里的丰碑。这里有"诗仙"李白，有"诗圣"杜甫，有"诗魔"白居易，有"诗豪"刘禹锡……可就这么一个瘦削的程韬光，居然扎进浩如烟海的古籍里，连翻四座大山。在二十年时间里，他先后出版了《太白醉剑》《诗圣杜甫》《长安居易》《刘禹锡》等皇皇四部大作，有两句词可以说明程韬光的现状："衣带渐宽终不悔，为伊消得人憔悴"。

对一个时代来说，对一个民族来说，身上有"傻气"的人太少了。而程韬光正是这种身上有"傻气"的人。他的勤奋和执着是常人难以比拟的。程韬光说，提到这四位诗人，他眼前立刻出现了四座大山：峨眉、泰山、太白山、望夫山。李白是盛唐文化、长江文化的代表，特点是具有峨眉山的清绮、飘逸，诗作豪迈，意象瑰丽。杜甫处在唐代由盛到衰、新旧文化交替的时代，是黄河文化的代表，特点是具有泰山的贞刚、博大厚重，诗作阴郁顿挫，地负海涵。白居易，处于唐朝衰败时期，无可奈何花落去，像太白山居于现实与佛理之间，诗歌朴素、明理。刘禹锡则一次次被贬流放，醉酒当歌，块垒千重，著《陋室铭》以明志，并立志为"高山"作传，当是一个苦活儿。这不仅在文学意义上是一种冒险的行为，在传承意义上说，也是一种大的贡献。就此来看，唐朝近三百年历史，文史资料浩如瀚海，这就像沙里淘金一般，每日里钻进故纸堆，去追寻先人们跋涉的脚印，聆听古代圣贤的心声。书写四位诗人的文学传记，实在是得有登山者的豪迈，得有"板凳敢坐十年冷"的勇气才行。应该说，韬光当是醉在文学里了，这是一个精神苦旅者的献身行为。

夜读《刘禹锡》，就像看一个唐朝文人刘禹锡的剖心过程。苦意满浮纸面，九死不悔之情历历在目，活脱脱地刻画出了一个晚唐诗人在朝代更替、宫廷倾轧、风雨飘摇的岁月里，挣扎、沉没、屡屡遭贬，却雄心万丈、不改初衷的心路历程。那锥心的疼痛是可触可感的，真乃是"白发三千丈，缘愁似个长。不知明镜里，何处得秋霜"。按说，这样的书写是很伤人的，不知程韬光是如何在"唐朝"的岁月里挺过来的。

韬光的写作，一直使用的是"浅白文言"。这也是他最显著的个性特点了。使用"浅白文言"来写唐朝的故事，既可以一下子把人带入那个时代，给人以古风犹存之感，且句句凝练，字背有字，文字的涵盖面极为宽广，可谓是一咏三叹，字字有金石之声，恰如古人千百年留下的诗句，是可以反复咀嚼、细细品味的。就像是品咂圣贤们的精神大餐，有非沐手正身不可阅读之感。那么，是不是可以再往外走一点呢？我说不清楚。也许，这正是一个作家的文风吧。

据韬光说，书写这些大家，也是他清洗自己的一种过程。他说，先人们在看着他呢。

祝他越走越好。

2015 年

○ ●

消失的年味 ·······························

蛇年近了，悄悄地。随着时光的流逝，随着社会的变化，我却突然失去了过年的兴致。是啊，现在的"年"，越来越没有年味了。

仍记得，童年里的顺口溜："二十三，祭灶王；二十四，扫房子；二十五，磨豆腐；二十六，去割肉；二十七，杀公鸡；二十八，贴'嘎嘎'（贴对联、门画）；二十九，去打酒；年三十，上供品，吃饺子。"那时候，在豫中平原，一旦年关近了，在集市上，有猪羊的嗷叫，有各样卖年货的吆喝，有摩肩接踵熙熙攘攘购买年货的人群，有洋溢着喜气的花红招贴，在风里、空气里到处都弥漫着一股一股让人兴奋不已的年味，那是甜、咸、辣、酸、焦、呛、烟、腥、膻、荤……又或是什么呢？很多的兴奋和激动，很多的期盼和焦虑，很多的念想和翘首——是啊，就要过年了。

曾记得，在童年里，好像在十二岁之前，我一年只洗一次澡（夏日在河里"狗刨"不算，我指的是进澡堂洗热水澡，一人要花两毛五分钱的）。每到年关时，大约到了年二十八、二十九或是三十晚上，身为工人的父亲会带上我和弟弟，到十字街上的国营浴池洗一次热水澡。在池子里，水很烫，人很多，热腾腾的水蒸气和人味弥漫着，有驼背澡工大声的吆喝，有窗外爆竹的炸响，有父亲的呵斥声……就那么光溜溜地在热水里泡着，真幸福啊！——可是，父亲已经不在了。

曾记得，除夕夜，年三十的晚上，母亲支着油锅、蒸锅，束着围裙，在灶前忙着置办各样的吃食：蒸馍、蒸枣山、煮肉、炸油饼、炸排骨、炸肉丸子、炸莲夹、包饺子……她会忙活整整一天一夜！有时候，半夜醒来，在昏黄的灯光下，见她仍在缝纫机前埋头做活儿，缝纫机咔咔咔地响……那是她在给我们做过年穿的新衣服呢！那时候，好像很多的夜晚，我都是在缝纫机的咔咔声中睡去。也好像在十二岁之前，我没有穿过一件商场里买的衣服。我所有的衣裳，都是母亲亲手做的。那时候真穷，可是快乐。

到了大年初一的早晨，当我从睡梦中醒来，就会看到，我的枕头边上，整整齐齐地放着母亲做好的新衣：蓝布帽子、蓝布裤子、蓝布制服上衣（那时候，蓝色是我们家的主基调）。枕头下边，放着一沓压岁钱，每人两元（好像先是一元，后来才是两元），全是一毛一毛的新票。而且，新年的第一顿饺子已下好了，盛在碗里。母亲临上床睡前，还要吩咐一句：去放炮吧。此刻，鞭炮声此起彼伏，震耳欲聋，那"年"就到了。

在此后的年份里，对于我来说，过年就是回家。我曾在二十多年的时光里，每到年关，就急着赶着做回家的准备……一年又一年，回家就是过年。过年就是团聚。——可是，可是母亲也不在了呀！是啊，父母都不在了。我已无家可回。渐渐地，在我，所谓"年"，成了一种记忆，一种过去了的不能忘怀的东西。于是，每到年关，当我独坐在书房时，有时候，偶尔地，无端地，怔怔地，突兀地，我会脱口叫一声：妈——

哦，又是一年了。

2015 年

文学启蒙者 ·······································

很久了，大约是 1976 年吧。

那许是初春，抑或是冬末，记得好像是一个下着小雪的傍晚，在许昌县图书馆的一排书架后边，透过书架的缝隙，我隐约看见一个穿着黑棉衣、头戴黑呢鸭舌帽的人，在跟馆长说话。他好像说要借一本什么书，这本书是《河南文艺》的杜编辑——杜道恒推荐让他看的。他还说，他有一篇作品正在修改，很快就要发表了。那时候我就躲在书架的后边，偷偷地用极为羡慕的眼光望着他……就是在这样一个场合，很突兀地，我记住了一个编辑的名字：杜道恒。

是的，就是在那样的一个黄昏，我记住了一个文学编辑的名字。

应该说，杜道恒先生是我走上文学道路的第一个启蒙老师。

文学是讲缘分的。有了那次"不期而遇"之后，我就大着胆子、很冒昧地把自己的一篇习作寄给了《河南文艺》的杜道恒老师（那时候寄文学作品是不花钱的，在信封上剪一角即可）。稿子寄出后，作为一个当年的文学"发烧友"，我很急切地盼望回音。好像仅仅是过了一周时间，我就有些熬不住了。于是，我连夜把稿子抄了一遍，在一个星期六的晚上，坐火车来到了省城郑州。遗憾的是，这次郑州之行我并未见到心仪已久的杜老师，他出差了。

星期天的上午，在经七路 34 号省文联的楼道里，我碰到了一位很像"邓小平"的先生，他仪表堂堂，皮鞋很亮，他接待了我。我很无奈地把稿子交给了他，并一再叮嘱请他把稿子转交给《河南文艺》的杜道恒老师。事后我才知道，这位先生是人事处的干部，真的差一点就去演"邓小平"了。

那次，由于没有见到杜老师，我很沮丧，对这篇稿子也就不抱什么希望了。然而，半月后，我突然接到了一个电话。这个电话直接打到了我所在的工厂，那时候叫第二机床厂。当时，我正站在车间的机床前，车一个机器零件。车间里机器轰鸣，什么也听不见。我加工的零件正以每分钟三千转的速度高速旋转着，突然，身后有人击我一掌，大声说："电话——！"

也许，正是这个电话改变了我的人生轨迹。电话是许昌县文化馆的刘向阳先生打来的。那时，他也是文学青年。刘向阳在电话里说，杜老师来了，住在县委招待所，他想见见你。

三句话。就这三句话，让我兴奋得有些发晕。站在厂区大院里，抬头看天，就觉得天空布满了绸缎，一天的柔软。

记得第一次见面，我见到的是穿布鞋的老杜。他穿的是那种千层底布鞋，还很有可能是手工做的。说实话，杜老师是我一生中接触到的最热情、最朴实、最平易近人的一位文学编辑了。他的平易近人是以善良的本质做底的，没有一丁点架子，也从不装模作样。无论谁见了他，都会被他那种毫无保留的"文学童心"所打动。记得那年我的一个短篇小说在他的指导下一连修改了八遍，却仍然未能通过编辑部的"三审"。最后，杜老师对我说："据我多年的经验，编辑咋说你咋改，改不好。"这句话是极有深意的。

我牢牢地记住了他这句话。

应该说，正是在杜道恒老师的指导下，我在 1977 年创作的三个短篇习作，才分别在 1978 年的《河南文艺》第一期、第五期、第十期发表了。也正是凭着这三个短篇习作，我才有幸参加了 70 年代末期举办的河南省首届短篇小说座谈会，结识了许多文学前辈。

记得那时杜老师时常深入基层，到各市、县举办文学讲习班，给河南文坛培育了一大批文学作者。那时候，在各种各样的文学笔会上，杜老师身边总是围着来自各地的业余作者和文学青年，他也总是不厌其烦地、毫无保留地一一给予指导。深夜里，他的笑声感染过许许多多的文学青年……也还记得，当年作为一个从工厂里走出来的业余作者，我和其他一些业余作者都曾经在改稿时多次借住在杜道恒老师的家里。那时他一家五口人，也仅有一间半房子，跟他聊着聊着，聊至深夜，就拉开一张折叠床，在他家里住下了。也还记得，当我们这些初出茅庐的、穷困的文学青年，在编辑部实习的那些日子里，杜老师常会从家里拿来一把推子、一个白围裙，亲手给我们理发……如今，三十多年过去了，很有一些当年经老师培养的文学青年仍然活跃在文坛上，这里可以举出一长串名字，可杜老师一生都在默默地做着编辑工作。应该说，当年那个"穿布鞋的老杜"一直在我们身后站着。

时光荏苒，日月如梭，许多年过去了，如今连我都熬成老人了。在此，借杜道恒先生作品集出版之际，说了以上的话，以表达我对老师的贺意与祝福！

2015 年

童年的小伙伴

童年里，与书生一块儿割过草吗？

在夏日的黄昏，与村里的娃儿一起，光着脚丫，穿着一个小裤头，拿着小铲，背着草筐，冒着一身热汗，扎进村边的河沟或池塘里，嬉闹着钻一猛子……

这里边有书生的影子吗？五十多年过去了，委实是记不得了。

可我却记得，二十年前，在姥姥的村庄里，我请书生的父亲（我的一位表舅）带我去地里认草。那时我刚开始写长篇小说《羊的门》，因离开的年数太久了，好多草的名称记不全了，所以我重新回到了姥姥的村庄，请表舅带我去地里认草。记得当时还在书生家里住过一夜，弟妹很会做饭，烙的小油馍余香在口，床铺收拾得干干净净、暖暖和和，至今不能忘怀。

再后来，一位日本的学者要翻译《羊的门》，他已年过六十，专程从日本赶来，坚持要求去认一认平原上的草。仍是请书生的父亲，我的这位表舅，带这位东洋学者去田野里拍了一些草的照片……这都是往事了。

我跟书生几乎算是同岁，好像相差不了几个月，他喊我哥，我也就

"哥"了。记得小时书生很腼腆，不大爱说话，乡下人叫"语迟"。据说，"语迟"的人往往身上有"贵气"。在姥姥的村庄里，书生算是有贵气的一个。他是村里比较早考上大学的（现在的许昌学院），80年代，在姥姥的乡村里，也算是凤毛麟角了。据说，书生大学毕业后可以有更好的前程，可家里已经给他说了媳妇，他信守承诺，也就自愿回乡教学了。这一教就是四十年。一个爱好文学的书生，在教师的岗位上辛辛苦苦、无怨无悔地干了四十年，如今可谓桃李满天下。

俗话说"文如其人"。书生在教学之余，一直坚持文学创作。他的文字也像他做人一样，干净、简洁、锐利，直面现实。读了他的文章，你会发现，他心里是有诗意的。他是一个有理想主义特质的人，他的文字里也时时浸润着理想主义的光芒。在文字里，他的心是诚的，对真善美无比热爱，对假恶丑无比痛恨，可说是疾恶如仇。他对当今社会的认知，毫不隐讳地表达出来，作为一家之言，他直抒胸臆，从不隐忍、世故。

其实，他是很想做"灯"的。他期望着用手中的笔点亮一盏"灯"，用他的心血烧出的文字给这个社会扫去一些阴暗，创造一些美好和亮色。

在书生花甲之年，作品结集出版之际，说了以上的话，特表祝贺之意。

2015 年

○　●

鞋匠的儿子 ·······································

各位嘉宾、朋友们：

　　本人自 1977 年始，虚实算满已有三十八个写作年头，其中写过十部长篇。花甲之年，获奖了，对我来说是一种鼓励和鞭策。

　　我出身工人家庭，父亲是个鞋匠。我的父亲自十二岁进城当学徒，先是给老板打工，后来成了国营鞋厂的工人，六十岁退休，他干了四十八年。父亲生前曾给我做过一双皮棉鞋，二十二年了，这双皮棉鞋如今还在鞋柜里放着，我每年冬天都穿。应该说，父亲是个好鞋匠。我不知道我的作品二十二年后还有没有人看。

　　记得有一次下乡，一个农民问我：你干啥的？我说作协的，他又问：哪个厂？我笑了，他说：哦，个体户。是啊，我也算是个体手工劳动者，只是不知道我的"产品"能不能超过我父亲。父亲做了四十八年鞋，我才写了三十八年。人一辈子能做好一件事已很不容易，我庆幸的是，写作是我的选择，写作是我喜欢做的事情。

　　前几天在网上看到一篇文章，叫《小鲜肉秒杀老作家》，文章是说时代变了，文学的类型化使阅读有了更多选择。的确，社会生活的变化令人瞠目，但真正让人纠结的，不是担心被年轻人打败，而是面对变化，自己怎样才能找到准确的、最适合自己的表达方式。在这个意义上说，我的努力还远远不够，那就继续努力。

谢谢评委们，谢谢各位。

2015 年 9 月 29 日

本文系在第九届茅盾文学奖颁奖典礼上的演讲

我们的旗

——怀念南丁

他走了。

走得很平静，很安详，也很决绝。他走后，我们曾希望他能给我们托一梦，没有。他不愿打扰任何人。可我还是看见他了。我看见他在空中飘扬。

他在病床上躺了五个多月，在北京 301 医院做了大手术，几乎切开了半个胸腔。可他一直在走，一直到他走不动的那一天。问他疼吗？他摇摇头，说：不疼。

他是安徽人，1949 年背着行囊来到河南。在河南生活了六十六年，在河南省文联大院里行走了六十余年。自上世纪 50 年代起，他的作品《检验工叶英》《何科长》《良心》《被告》等就闻名全国，为此参加过全国的群英会；80 年代以来，他的作品《旗》《尾巴》《两个短暂一生的编年史》等作品，被文坛称为"开了中国反思文学的先河"。可在这个大院里，无论年老年少，不分老幼尊卑，都称他为"南丁"。即使他当了河南省文联主席、党组书记之后，人们仍然称他"南丁"。有了问题，人们说："找南丁。"有了意见，人们说："找何南丁。"于是，文联先是有了专门接待作家的"客房"，后来又有了招待所、食堂、浴池，等等。记得有一次，农民作家乔典运从南阳来，我们在省文联的招待所里神聊至半夜，聊激动了，老乔说："我去给南丁说。"当夜就推开了南丁的家门。那时候，南丁的家门几乎二十四小时对从下边来的作家开放。凡有作者从下边来，有什么要求，会自豪地说："我跟南丁说了。"那就是这个大院的"通行证"。他的微笑，成了一个时代的标志。

1980 年，作为一个年轻的业余作者，我有幸参加了河南省文联举办的文学研修班。在这个班上，我们的辅导员、作家徐慎先生有一天对我说："南丁想见你。你去见见他。"那时，我有点傻，羞于见他。我一个工人出身的青年，南丁在我眼里是"高山仰止"。过了几天，徐慎先生问我："见南丁了吗?"我嗫嚅着摇了摇头。他说："去。你怕啥，去见见他。"可我自觉没写出什么像样的作品，还是羞于见他。一个月后，徐慎先生再问："见南丁了吗?"我很为难地说："我，不好意思。"徐慎先生即刻说："张斌，你领佩甫去见见南丁。"于是，当晚老大哥张斌带着我去文联家属院见了南丁先生。

这天晚上，由于紧张，我已不记得自己都胡说了些什么。好像南丁也没怎么说话，就那么默默地坐着。第二天，在一个座谈会上，南丁手里提一黑包，慢悠悠地走来，把我叫出去，递给我一张"调干表"，说了两个字："填填。"此后，我就成了参与筹办大型文学期刊《莽原》的四个青年编辑之一。

在那个时期里，受到南丁先生关照的并不是我一个人。先后调入的专业作家有杨东明、张一弓、张斌、郑彦英、张宇、田中禾、齐岸青、孙方友，还有很多很多，也就不一一列举了。翻开改革开放后的河南文学史，就知道先生作为"文学园丁"的高瞻远瞩了。

在改革开放之前，河南文学在长篇领域里几乎是个空白：三十年只有一部半长篇（据说一部是《黄水传》，半部是当时没出版的《差半车麦秸》）。南丁先生可以说是当之无愧的河南文学改革开放后的奠基者。作为河南大型文学期刊《莽原》的筹办人，当年南丁先生曾提出一个响亮的口号："拉起一支中篇创作队伍，为河南的长篇创作打好基础。"也是在这个时期里，河南最美的避暑胜地——鸡公山一号楼（那是鸡公山上一栋风景最好的别墅），河南省文联包了十年。那是专门用来给作家、艺术家改稿子、开作品研讨会的。于是，河南省文联有了七家供作者发表作品的刊物，有了一支四代同堂的文学豫军，有了每年上百部（集）作品的涌现。

南丁先生退休后，仍是河南文学的"定海神针"。先生一直积极地参加各种文学活动，常幽默地称自己为"80后"。他笑眯眯地往会场上一坐，会议的气氛就格外活跃、生动、热烈。

南丁先生走了。先生活得尊严，走得尊严。

南丁先生走了。他走向了大海。中原文坛痛失一代大纛，写下这些文字何所依？我哭，我疼。

南丁先生走了。这预示着一个文学时代的结束。那么，也或将预示着一个新的文学时代的开始。

愿南丁老师一路走好。尚飨！

2016 年

○　●

漫步山西　·······································

一　太原的蓝天

在我年少的时候，有一首歌给我留下了极为深刻的印象。那首歌的名字叫《人说山西好风光》。那时候我还没去过山西，并不知山西风光如何好，好在什么地方。这首歌是看电影时听到的插曲，那曼妙动人的旋律一下子就把我吸引住了。许多年过去了，连少年时期背诵的课文也都一一忘记了，唯独歌里这句歌词一直记着。

"人说山西好风光"是我童年里最美好的记忆。多年后，当我第一次跨入山西境的时候，那感觉是多元的、复杂的、一言难尽的。那滔滔的黄河水，那一塬一塬的黄土地给我留下了更为深刻的烙印。我一下就明白了这里与中原的差别，中原人是把"心里想说的话"生生咽下去的；而这里的人，是要把"心里想说的话"面对黄土高坡大声吼出来的。

在我后来的印象里，山西最出名的是晋商。在我走过的大江南北，在每一个城市里，几乎都可以看到保存完好、仍留有旧日"高椽飞檐、雕梁画栋"建筑遗迹的"山西会馆"或"山陕会馆"。可以想象，当年晋商的生意已遍布全国各地，这就不仅仅是生意了，这是"名片"，是晋商的一种

"种植"方式，种植的是品牌意识，是一种"活的碑记"。

改革开放后，有关晋商的信息不断地从各家媒体传出来。客观地说，那大多是毁誉参半的，简直就是致富速度的代名词了。近些年则更多是一些所谓"煤老板"的传闻，好像山西遍地是煤，随随便便地挖出来就是钱，还动不动就一掷千金什么的（小报上说的）……听得多了，疑疑惑惑的，也就半信半疑了。

但是，当我作为《香港商报》组织的作家采风团一员，来到山西太原的时候，却意想不到地看到了湛蓝湛蓝的天。太原的蓝天让我欣喜不已。在我的意识里，这是煤城啊，PM2.5 肯定会更严重一些，可我却看到了蓝天白云。是的，天蓝蓝的，白云在悠然地飘。那天上午参观晋祠的时候，仿佛一下子就明白了晋商能走遍天下的原因了。晋祠大院里，一千三百年前种植的唐槐依然茂盛；当年梁思成先生极为欣赏的"木梁十字桥"，在时间的侵袭中仍显现着历代匠人智慧的异彩；还有宋代的三十三个栩栩如生的仕女塑像……在这里，唐、宋、金、元的建筑都保护得很好。看了这些，谁还敢说晋商只懂得赚钱？

二　平遥的遐想

久违了，平遥。

如今是旅游的时代了。在媒体报道中，平遥一直被称为现今国内保护最好、最完整的古城。据说，这里还是晋商的发祥地，有中国最早的银行雏形——号称"汇通天下"的"日升昌"票号等等。所以，一直想来平遥看看。

　　说实话，当我终于漫步在平遥古城时，沿着所谓的八小街、七十二条蛐蜒巷一路走着看着，当我踏上平遥的古城墙，远眺旧时古城的全貌时，当我走进"日升昌"票号，当我踏上古老镖局的门前石阶，仍像是梦中一般，竟不知自己身在何处，又在想些什么，我只是隐隐感觉到了一个"厚"字。是呀，那墙砖很厚重，铺地的一砖一石也是厚的。哪怕是一个小小飘窗，虽是刻木雕花，但那玲珑古朴中也是讲究"厚"意的。可这又说明什么呢？我一时还说不清。

　　记得在来时的路上，我们顺道参观了一个名为"宝源老醋"的古老醋坊。在醋坊里，我们参观了传统式老醋的生产全过程（由麦、谷、粟、菽等几十种粮食为材料勾兑、蒸馏、发酵）。特别是在这家名为"水塔"牌的老陈醋生产企业的偌大院落里，我又看到了一眼望不到边的无数个发酵大缸，令人震惊的、像军队一样整齐排列在院中的一列列大缸！是的，那一排排一人多高的大缸，在蓝天白云下，真的有军队般的沉静威严。那缸上都是有时间标记的——年份，一个一个标注着酿造年份的大缸，静静地、安详地在院子里排列着，包括那"酵母"都是有年份的。我以为，这也是一种"厚"意的展示。

　　那么，终究"厚"在什么地方呢？

　　当晚，在当地政府的安排下，我们在古朴而又具现代意识的大剧场里，观看了一场仍是古朴并兼具现代意识的情景歌舞剧《又见平遥》。可以说这是一场人鬼皆惊的情景剧，时间回溯到了清朝或是明末，是旧时平遥商帮充满血泪与壮举的生活再现……那么，也许是这场情景剧点醒了我，也许是多时行走的感觉的集合，后来又看了"王家大院"，我终于明白了。

　　是的，在这里，我看到了五个字。这是五个最好的字，这是千百年来民族意识的精华，也是中华民族赖以生存和连绵不绝的基石。它是写在时间中的，是刻在一块块砖石梁瓦之上的，是垒在人们内心深处的，是永远不可丢失的。一旦丢失了，那就是精神崩溃的开始。

是的，就是这五个字：仁、义、礼、智、信。

三　汾河流水哗啦啦

仍然是在那首歌里知道汾河的。

早年，正是那首歌的甜美让我记住了山西的汾河，当然，还有汾河水酿造的名扬天下的汾酒。

四十多年过去了，当我踏上临汾的时候，我心里是有些诧异的。这条汾河，究竟怎样呢？因为曾在小报上看到这条河的消息而不免担忧……然而，当我站在汾河岸边的时候，还是有些吃惊。连绵数十里的汾河两岸，如今成了花团锦簇的滨河公园。

这里是江南吗？不然怎么会有桨声、灯影、亭台、绿树、木板、小桥……顺河走去，有丝竹之音从亭台里传出，曼妙女郎在河边嬉戏……时近傍晚，远处的霓虹灯闪闪烁烁，像是彩虹飞渡，小船摇曳生辉，着实让人有些迷离。沿河走去，那特意铺设的木板一踏一踏，风也小有凉意，真有风光赛江南之感，实不知今夕何夕。可以想见，为治理汾河，当地政府是花了大工夫、大价钱的。这当然不是一朝一夕的工夫，应是经年累月治理的结果。就此来说，这是当地百姓的一大幸事。

后来的几天，当我来到汾酒厂参观时，更加清楚了"一方水土养一方人"的道理。我虽不是喝酒之人，但山西汾酒作为当代的八大名酒之一，那清香纯正、甘甜绵爽，还是留有深刻印象的。汾酒厂的规模和久远的历史，让我又一次惊诧不已。

　　当天傍晚时分，我们乘车赶到了壶口。我曾经来过这里，不过上次走的是对岸的陕西那一线，这次是从黄河的另一面看壶口瀑布，那恢宏的气势以及大自然鬼斧神工的造化，仍给人以巨大震撼。

　　夜宿壶口时，那咆哮的黄河水仍给人以惊天地泣鬼神之感。看了汾河的安静，再听黄河的咆哮，实让我夜不能寐。黄河是我们的母亲河，而汾水的安详是否正得益于母亲的守护呢？听，那涛声年年月月，是要给我们说些什么吗？

　　是啊，"人说山西好风光"，的确是名不虚传，无论是人文，还是地理，处处让人流连忘返。

　　据说，我辈祖上也是当年从山西洪洞县"大槐树下"迁徙来河南的。有一个标志，小脚趾的指甲盖是双的。那么，这次走山西，也算是一次问祖了。

　　拜谢。

2016 年

○　●

圣人开花　· ·

下雪了。

整整一个冬天，天干，风硬，日子里没有一点水汽，人只有缩着。就盼着有雪的日子。要是能下一场雪，多好。

这一天，雪终于下来了。窗外，那飘飞的雪花纷纷扬扬、悠悠洒洒，羽毛一般白净。在到处都是雾霾的日子里，这就像是给世界洗脸，天地间又静又白，让人不由得舒了一口气。我一向认为（或者叫作嗜好），下雪天，有两个最好选择：一是读好书，二是邀请二三好友吃火锅——就着飞雪。

恰恰，在这个下雪的日子里，朋友给我发来了杜立新先生的长篇新作《圣人开花》。于是一口气读下去，读了个漫天皆白。

跟立新认识很久了，大约快三十年了吧，那时，我还在《莽原》供职，常听现任《莽原》主编李静宜夸赞杜立新。当年，他还是个腼腆的小伙子，玉树临风，是人人见了都喜欢的奶油小生。静宜做过他的责编。据静宜说，小杜（那时他多么年轻！）文笔很好，构思常常出人意料，前景不可限量。

我也曾在编辑部跟他见过几次面：人秀气，话很少，两眼锐利。后来接触少了，他像是突然消失了。在一些年份里，也看到过他的一些文字，仍是很有个性。数年前，忽然有一日，在新浪网上看到了他的长篇《圣人开花》上了当年新浪网的榜首，而且是经过专家和读者共同评选的，不由吃了一惊！由此来看，在河南作家中，杜立新是个默默下苦功的人。

《圣人开花》是一部想象奇诡、构思玄妙、具有黑色幽默意味的长篇小说，甚至可以说，这是一部堪与美国作家约瑟夫·海勒的《第二十二条军规》比肩的长篇小说。有点向老祖宗发难的意思了。这部长篇写的是在大变革的年代里，在金钱全上、物欲横流这样一个特定的社会环境中，有这么一个公司，派了这么一群人，以弘扬儒家文化的名义，完全从商业化的角度，拉来了一百万元的赞助，搞了这么一个名为"重走圣人路"的宣传策划。团队里有经理人、总撰稿、摄像师、漂亮的女助理……于是，他们上路了。

这部作品的荒诞性是不言而喻的。

在春秋列国的故地上，行走着这么一行人。他们打着文化寻根的旗号，踏着先人的足迹，计算着人民币的收益，就这么上路了，一路上经历了让人啼笑皆非的各种非文化遭遇……

显然，这部作品的荒诞性是大于现实感的，并且，它的荒诞性是多重的。读来就像是嚼一枚苦涩的橄榄果，越嚼黑色幽默的意味越重。

首先，这么一个类似于"草台班子"的采访团队，却摆出一副高尚无比的文化寻根架势。他们打着弘扬文化的旗号，行的却是诈钱之实。这是第一层荒诞。其次，这么一行人，虽出于商业目的，却有组织、有规章、有纪律。层级分明，分工合理，认真策划。他们做的每件事都是有计划、有步骤的。他们很认真地把儒家文化"表格化""指标化""问卷化"，就像是一场认认真真的演出。这应是第二层面的荒诞。再次，这么一次郑重其事的"重走圣人路",竟然是不断地在明争暗斗、相互算计、疑惧丛生中完成的。团队中有卧底、有情人、有叛逆者、有嫖客……读来五味杂陈、妙趣横生。这是第三层面的荒诞。还有,这群人一边行走采访,一边推断或者说是猜测数千年前春秋战国时期圣人及弟子们的遭遇和行为,对千年国教的创始者极尽调侃、戏说,却唯独没有"信仰",没有神性意识。满眼看去,在那有"史"有"据"的所谓分析中,那麻木、辛辣的嘲讽是深入骨髓的。这应是第四层面的荒诞。

此作品层层剥笋,对所谓的流入民间的"文化遗产"片片切割,全方位透视,一路缠缠绕绕,纠纠结结,洋相百出……明为寻花,却唯独没有"花"。

也许是有花的。作者心中有花。

此作开笔从公司经理纪念的"洁癖"说起,把总撰稿、康胖子、情人助理莫茗、办公室主任庄娜娜,以及叶芝、左佑等一干人放在了心理分析的手术台上,从一个个微不足道的细节入手,用心理剖解的方式下刀,一片片切下去,晾晒于光天化日之下。作品中的人物可以说个个鲜明生动,对话极具性格特征,嬉笑怒骂,冷峻异常,就连情人间的打情骂俏也是藏有算计的——是睡,还是不"睡"呢?"重走圣人路"行走着的几乎是一群肉欲的动物,阳光下晒出的是一个个堕落的灵魂。仿佛只有腐烂与堕落是可以开花的,看了不禁让人心惊肉跳。

此作的语言也完全是"杜式"的。杜式语言就像是一把华丽的小刀,一把旋转着的小刀,带钩儿的、有铭文的小刀。初看并不炫目,也不见杀气,在使用的时候却锋利无比。当它一片片切下去的时候常有凌光一现。这种旋转似的刀法让人想笑的时候不由一愣,让人想哭的时候不由一憷,尤其当骨肉分离的时候,你会听到骨头缝隙间撕裂时的"咔咔"声。小刀低语时,会有默默的哭声传来。它说:都有道理。

　　当然，下刀的时候，也许还有另一种切法。比如，春秋战国时期，天下大乱，尸横遍野。一个老者，也许是穷途末路的老者，走在路上。他一直在默默自语，没有人理他。人们也不明白他在说些什么。他四处碰壁。可竟有一帮学生，就这么一直跟着他走。那么，他身上会不会有一些神性呢？如果加上这么一条线，这就是另一部"圣人开花"了。也许吧。

　　也许是有花的。作者心中有花。

　　不说了吧。祝杜立新先生的路越走越宽广。

2016 年

精神的家园　· ·

又是秋了。

秋天是收获的季节，那熟了的不仅是庄稼，还有人心。

古人云：五十而知天命。虽说已过了知天命之年，但人要想穿越日子，还只有拿起笔来，称一称那过去了的时光。应该说，文贤先生把多年的文字出版，即是想用文字来称时光的重量。

客观地说，我与文贤先生接触并不多，但我们是同龄人，走过许多大致相同的岁月，这就有了更多的共同语言，也算是一见如故吧。他拿出厚厚一沓书稿嘱我作序，朋友之托，推辞不得。

如今，经济是社会的重心，文学日益边缘也自甘边缘。可这些年接触到一些喜爱写作的朋友，他们事业有成，温饱无虞，却于工作之余笔耕不辍，用文字耕种出一片自己的园地。文贤先生的这些书稿，即是这些年来他在自己的精神园地里思考、笔耕的收获。

翻阅书稿，其中有散文，有杂文，有诗歌，有小小说，还有从文化学角度谈本职工作、谈写作的文章。这些作品内容跨度大，形式不拘一格，也算契合他为自己作品所题的书名——《闻弦漫谈》。

将这些作品一篇篇读过，我对他又有了新的认知。

文贤先生的文字是质朴而诚恳的，没有什么华美的辞藻，也不着意谋篇布局。可正因如此，他的文章剔除了浮夸圆滑之气，还原为不刻意经营的朴素、生动、真切。

世上写母亲的文章可谓多矣，可文贤所写的《母亲的目光》还是打动了我。他写那"无处不在"的目光，"总是放在儿子身上，看其他亲人用的总是余光"。她对儿子的爱表现得"固执甚至偏执"，以至于一个对她的"不"字也不许从儿子口中说出，否则，"那目光就会充满委屈、失落、愤懑……"这些描写，有着一个儿子对母亲灵魂的准确理解，拳拳之情，溢于言表。儿子因之刻骨铭心，读者因之过目不忘。

书中还有他回忆青年农友的文章，讲述当年知青生活的文章，也多采用白描手法，那些日子仿佛就在眼前，历历在目，有着刻骨铭心的真实感，没有乡村生活阅历的人，是断然写不出的。尤为难得的是，其间有他对过去岁月的独到认识、体察、感悟。

用今天的话来说，文贤先生出身于草根家庭。早年贫困艰辛的生活，50年代的理想主义教育，作为知青下乡插队的饥饿记忆，都在他脑海里留下了深深的烙印。正是这些经历铺垫了文贤先生的成长道路，也成就了他的人生之路。

就此看来，他是一个有境界、有底线、有生活标尺的人。也可以说他是一个背负着土地行走的人。尽管他后来上学读书，走进政府部门，有了丰富的阅历，过上了优裕的生活，但他的根基始终深植于大地之上，植根于无边的原野之上。无论精神的枝叶怎样伸展，其走向和脉络都连接着燕赵大地之魂魄。

因此，他无论走到哪里，眼前都有母亲的目光，心里都始终揣着家乡的父老乡亲。因此，他无论身在何处，都"崇尚为文之学，敬重为文之人"，把著书立说视为"经国之大业，不朽之盛事"。也因此，他始终将文学写作与本职工作相连接，以文化、文学为基础，培养本系统的写作队伍。

《闻弦漫谈》中的文章，无论是畅谈工作方法的杂文，还是抒写人情世故的散文，均能实事求是，深入浅出，举重若轻。因其言为心声，故能质朴本色，坦诚相告。因其世事洞明，故能自信从容，宠辱不惊。

在这纷纭多变的世界，文贤先生数十年如一日地坚持业余创作，并不是一件容易的事情。他在这里耕种，在这里憩息，也在这里安放自己的心灵。就像一个外国诗人所写的那样："数一数杏仁，数一数那苦的，让我们醒着的，把自己数进去。"文贤先生文字的可贵之处，正是把自己"数进去"了。

说到底，即使我们这些以写作为职业的人，这也是一种不容易达到的境界和尺度。

2016 年

神秘的东方女儿国

——金川纪行

春三月，忽然接到了四川文学院的邀请，约我们到金川去采风。在我的记忆里，只晓得汶川，还是汶川地震那年捐款时知道的，却从未听说过金川。查了地图才发现，还真有这么一个地方。这实在是有点孤陋寡闻了。

早年，只是在书本里见过号称"天府之国"的四川。说这里山清水秀，人杰地灵。可读到的只是一些概念。后又读到了"蜀道难，难于上青天"的诗句，可该有多难呢，也仍是概念。概念的叠加，不由让人神往。

我是上世纪 80 年代初第一次去四川的。那时还年轻，坐上火车后，不由得眼珠子四下瞭。走了都江堰，看了乐山的大佛，登了峨眉山，品尝了成都的小吃……就觉得眼珠子已不够使了。在成都的武侯祠门前，有一副长联，立马就用笔记下来了："能攻心则反侧自消从古知兵非好战；不审势即宽严皆误后来治蜀要深思。"时光荏苒，三十多年过去了，记长联的小本已找不见了，可我仍不太明白这副长联的意思。此后，随会议的安排又多次去过成都，每一次都来去匆匆，自然留下了很多遗憾。

那么，金川，会是一个什么样的地方呢？

　　从成都坐车，沿着大渡河一路西去，在崇山峻岭中穿行，真可谓是十万大山哪！一会儿在山下，一会儿在山上，倏尔又在半山腰的盘山道上蜿蜒而行，山路的弯道一个接一个，过了一个隧道又是一个隧道，山间大渡河的水声哗哗响着，沿路山势陡峭，险处叫人看了惊心，不时还见一堆一堆从山上跌落下来的风化碎石……那心在喉咙眼里含着，几起几落呀，好在司机师傅路熟。在车上，听金川的导游小姑娘介绍，当年乾隆皇帝派兵打金川，七万人两线出击，就得有四万民夫往前方背米，来时背一百斤，路上要吃掉三十斤，回去还要带三十斤路上吃，这一趟下来，只能留下四十斤。所以，据说乾隆皇帝征伐一个小小的金川，这一仗竟打了二十八年！（真可谓"金川"！）如今已是 2017 年了，可以说是到了公路网络化的时代了。遥想当年，可知"蜀道难，难于上青天"的诗句并非虚妄。

　　坐了一天的车，正昏昏欲睡时，突然之间，就像做梦一样，金川就在眼前了。也许是在平原的雾霾里待久了，到了这样一个地方，天蓝得就像水洗过一样，白云悠然地在天上飘，空气湿湿润润的，弥漫着奇异的花香。倏尔就见漫山遍野的梨花，一树一树的梨花，拐过一道弯，又见梨花，怒放的梨花，再走还是梨花。梨花丛中的房舍也与平原是不一样的，那一栋一栋的建筑漆着梦幻般的色彩，河两岸不时有一座一座的吊桥时隐时现……就像是掉进了仙境一般！

　　金川县城并不算大，是阿坝州的一个藏羌民族自治县，看上去干干净净的，童话一般。大渡河穿城而过，城中的小街依山势而建，一处处的房舍错落有致，起起伏伏，那房舍看上去诗意意的，就像是一幅幅油画。快要进城的时候，下了一点小雨，空气里甜丝丝的，不时有一小女子从路上走过，打着花伞，袅袅婷婷的，那梨花的香味也随风飘过来，湿湿润润的。真好。

　　在金川的那些日子，一直都像在梦境中一般。住下后，第二天就是金川的"梨花节"，整个会场一时成了花的世界。金川的姑娘们得天地灵气的滋润，一个个花朵一般，成群结队地拥在会场里，真是美不胜收。不仅舞台上有精美的歌舞表演，让观者的眼珠子都瞪圆了，会场周围还摆满了让人品尝的几十种边地小吃和各样的当地土特产，有牦牛肉做的烤肉、烤串，有各样的梨膏、山珍等，仅小点心就有十几种之多，吃了余香在口，忍不住还想品尝……让人不由想起女人的巧手。

这天晚上，当我独自漫步在陌生又温馨的金川小街上，一路上街灯闪闪烁烁，就像走在时间的空洞里一样。我看着那一扇扇涂着各样彩色图案的小窗，实在是有一种不知身在何处的感觉。人世间果真有这么一个安详秀丽的女儿国吗？

说实话，刚到金川，我就遇上了一点小灾难。我是上街买药的。是我自己不小心，在宾馆的房间里烧水时把手脖儿给烫伤了。原觉得没什么大事，谁知却感染了，一时疼痛难忍。在金川的小街上，我一路寻去，在第一个小药店里，我没有买到治烫伤的药膏。可是，药店里的小姑娘却主动给我做了消毒和包扎。这位热情秀丽的小姑娘先是用消过毒的棉签给我擦去伤口上粘的袖口绒毛，并对有些感染的伤口做了处理。当我要交费时，她微笑着摇摇头，没有收棉签的钱，而是重新给我拿了一包新的棉签。小姑娘的手又轻又柔，她的微笑清凉、友好，就像是一剂良药，熨帖了我的疼痛和身在异乡的躁急。

后来我走到了第二个小药店的门口，药店里仍然是一个姑娘，这位姑娘圆圆的脸庞，稍显丰腴些。我在这个小药店里终于买到了药膏。买下药膏后，她微笑着给我解开了包在伤口上的纱布，重新给我做了消毒处理，而后给我抹上药膏……身在异乡，在县城的小药店里，我先后接触了金川的两个小姑娘，一下子就让我记住了她们的善意和美丽。

可是，再走不远，就又是一个小药店（也许是我精神恍惚的原因？），小药店里站着一个微笑的姑娘；再走就又是一个小药店，药店里还是站着一个姑娘……记得当时我傻傻地想，金川城怎么会有这么多的小药店呢？走回宾馆的时候，我的手脖儿已似不那么疼了，就像是被圣水清洗了一样。

当天夜里，很突兀地，我梦见了一位"梨花仙子"。是的，好像房间里一下子亮了，有梨花的香气飘进来，而后是悠扬的乐声，随着乐声，一位美丽的女子飘然来到了我的身边，她轻柔地扶我坐起来，对着我烫伤的手脖儿轻轻地吹了三口气……朦朦胧胧地，那疼痛感顿时消失了。第二天早上醒来，那位梦中的"梨花仙子"仍清晰地印在我的脑海里。摸一摸，手脖儿真的不疼了。我很诧异，毕竟是南柯一梦。梦中女子的模样很像是"梨花节"上选美比赛获得名次的那位姑娘。可是，我清楚地记得，夜里飘进我房间的姑娘，眉心是有颗痣的，可那位姑娘没有啊。

不知怎的，金川给我的总体感觉是神性的。这里水天一色，山花烂漫，连房舍的格局和色彩也显得与别处不同，格外艳丽些。当然，这是诗意的阴性，柔美的阴性，花的阴性。这种感觉虽有些突兀，却在余下的日子渐渐被证实了。

据导游小姑娘讲，历史上这里的确是一个"女儿国"。据说，当年这里实行"走婚制"，完全是由女人当家做主的。遥想当年，一个以女人为主导的世界，在"女土司"的治理下，过着怎样的一种日子呢？当烽烟再起时，那一座一座碉楼又会进行着怎样的战事？被爱情烧昏头的男人来到这里时，是不是都会从花窗户里爬进去呢？在一个只有舅舅没有父亲的世界里，女人们又是承担着怎样的责任呢？如此说来，历史上这里一定演绎着许许多多可歌可泣的故事。

离开金川时，是烟雨蒙蒙的一个日子，那漫山遍野的梨花缥缥缈缈的，真的是让人醉了……

2017 年

写给北中原的情书

——记"诗画"冯杰

天光尚暗，黎明在即，冯杰醒了吗？

也许，冯杰仍在梦中。可他的"鸡"醒了。虽在梦里，他心中有"鸡"，故乡的鸡。于是，在丁酉年到来的时候，他画的公鸡已在北中原的田舍、灶间，抑或是篱笆院的墙头，引吭高歌了。

已是久远的过去了。大约二十年前，我被人引诱，写过一部名叫《颍河故事》的电视剧。当时，这部电视剧拍摄完成后需要一首主题歌，导演说要找高手来写。当时，我就说了两个字：冯杰。我力推冯杰来写。那时候我还不认识冯杰，可我读过冯杰的诗。当时的冯杰虽还在豫北长垣一个小县里做事，可他的诗、文已红遍了海峡两岸，并连连在台湾《联合报》获得大奖。于是几经周折找到了冯杰。那时的冯杰是多么年轻，娃娃一般质朴秀气。约见冯杰后，见他虽然年轻，但身上并无傲气。他即刻答应下来。然而此事反反复复，又是几经周折，电视剧在中央台播出了，主题歌唱完了，却未见冯杰的名字。当时我没在意（抱歉啊），冯杰也没在意。也罢。就此事来看，可见年轻冯杰的淡泊。

那时候，之所以力推冯杰，也不仅仅是他诗写得好，更重要的是我在他的诗里读到了两个字：眷恋。对故乡热土深深的眷恋。这份"眷恋"之意，从"姥姥的村庄"里跳出来，一字一字地漫散开去，跨过漫长的台湾海峡，登陆于台湾的大街小巷，使许多在台湾谋生的北中国人读得泪流满面！

对于河南作家来说，冯杰有三支笔，可说是"诗书画"俱佳。在冯杰的画里，我仍然读到了这两个字：眷恋。冯杰的画意里始终弥漫着对故乡热土的眷恋，就像是"姥姥的村庄"近在眼前，炊烟在天空中飘散，泥土在公鸡的爪子上弹落，池塘里有蜻蜓戏着荷叶，村路上有骡子一踏一踏的蹄印，挑着一抹夕阳的盘柿挂在冬日的树梢，即或是树上那只警惕的猫头鹰，也一眼睁一眼闭，虽说是避邪之物，看人间却并无恶意。

在我看来，冯杰的画是"意"在先、技法在后的。他画的萝卜、白菜是有"素心"的，他的荷叶是拽着露珠的，他画的小老鼠让人看到了童年里的灯台，他画的毛驴可以让你听到扯着时光的驴鸣。在冯杰的画作里我读到了人间的烟火气，读到了系在画作里的百姓日子，这里边有浓浓的爱意和诗情。

在我看来，冯杰的画是"神"在先、形在后的。正是一个画家的气质支撑着画作达到的境界。冯杰的画以人生况味作底，画意里有他独特的、形而上的人生大思考。岁月无痕，这里记述的日子就像是李逵的那把板斧，它会让你想起砍下去的是什么，留下来的又是什么……

在我看来，冯杰的画是"品"在先、工在后的。他的画里有诗性的感悟，有书卷气为衬的挥发，有对古典文化的顶礼朝拜，有大真大善大美为骨的修为和蕴含。意境端的是取法为上的。

冯杰的画大多是小幅的，看去悠然、率性、憨直，但又像是写给北中原的一封封册页情书，面对北中原的大地，面对故乡的热土，他把爱意铺在纸面上，一笔笔地勾勒、渲染……这就像是家乡的灶火，以此来温暖他那颗客居城市已久的漂泊的心。

最后，我想以杜甫的四句诗作为贺语：

造化钟神秀，阴阳割昏晓。

会当凌绝顶，一览众山小。

2017 年

我的平原　······························

　　关于平原，说是我的，有些矫情了。

　　其实，那不是我的。说是我的，那不过是一个心理上的称谓，或者说是写作上的根基所在，有这么一块属于我笔下常年使用的地方而已。

　　因为，在文字中，它是虚拟的。我常常把我虚构的人物、故事放在这里；也常常把这里人的生活方式移植到别的地方去。就这么倒腾来倒腾去，连我自己都弄不清了。

　　但在现实生活中，平原，它又是确实存在着的。这是一块真实的地域，豫中平原，地理位置应该是北纬 34°3，东经 113°48，方圆有一百平方公里的地方，大约四五个县的范围吧。

　　说起平原，是我每年都要去走一走的地方。去，也不是执意要采访什么，只是接一接地气，或者说闻一闻那日子，看一看人的脸，烫一烫在书斋里坐麻木了的神经。那里是生我的地方，是我早年的出生地；是我当过知青，当过生产队长，而后又挂职当过副县长的地方……我熟悉这里的一草一木，熟悉这里的人情世故、地理位置。比如那里的空气、植物，那里的方言，那里的房舍建筑河流，都是我所熟悉的。五十年，一个地域的五十年，半个世纪，斗转星移，在时间中它发生着变化。所以，我年年都要去看一看，住上一段。有时住的长些，有时短些。看看那里的人，看看那里的房舍、田园。是啊，人老的老了，小的又长起来了。有的房舍在五十年里，已翻盖了三次……看着那从无到有、从小到大，又从有到无，一个一个的，就像是生命的河流。

每一个作家都有一个写作的"领地"，平原就是我的领地。我的四百多万字的作品，大部分都是在这块土地上浸泡出来的。

近年来，我常到下边走，感触颇多。时代变了，社会生活由一元而多元，正在发生着深刻的变化。人们的生活富裕了，却有了更多徘徊和迷惘：在单一的年代里，人们渴望丰富；如今社会生活多元了，人们又向往纯粹；可单一了，必然纯粹，又容易导致极端；多元了，必然丰富，可又容易走向混乱。怎么才好呢？这正是我们这一代作家面临的课题。

比如，去年我又回到当过知青的乡下。发现生活在平原上的人，如今再也不说那句见了面常说的话：吃了吗？这是久远的信号，也是一个烙印。那是战乱和饥饿年代里留下来的。现在的人见了面会笑一笑，说：哎，爷们儿，给介绍个项目呗。再不就是，能不能贷点款？给你好处。而同时，那一望无际的苇荡，不见了；据说是有着锅盖大老鳖的南北潭，干了。

比如，夜里，九点钟以后，在一个三千口人的大村里，你很难在路上见到人了。一个村子都静着……没有人再蹲在土堆上吃饭了，也没有人端着饭碗到处串门了。年轻人，都外出打工了；年老的，都在家看电视呢。在静了的夜里，会听到麻将声。

比如，在朝霞中，你会吃惊地发现，一个在田野里点种玉米的小伙子，一边种着玉米一边在打着手机，那像是在谈一桩生意。十分钟后，来一年轻女人，那大约是他的媳妇。两人很快就吵起来了，争论的是一个月"三十一天"和"三十天"的差异——那是妯娌间赡养老人的较真。

比如，在一个村子里，一个村主任带着我走，他见了村里人，一点傲意也没有，见人就点头，见人就微笑，而且很热乎地跟一个个村人打招呼，不时还逗一逗人家的孩子……这是很让我惊讶的。村干部一向是要尊严和脸面的，这又是怎么了？后来才知道，村里马上要换届了。纵然是形式，还是要投票的。

比如，一个人常年告状，告了差不多三十年的状。他把自己从一个年轻人告成了老人，因为成分，因为房子……三十年前，他常常作为"坏分子"被人用绳子捆回来……现在他把自己告进了镇上的养老院。逢年过节的时候，乡镇干部们还要特意给他送些礼，去看看他，生怕他再出去告。可他已经没什么可告了，原来没收他的房子已破烂不堪，他要退，也早已退给他了，他要修，也早已给他修过了；他的成分（也是最大愿望）要求重新划定，可现在已不讲成分了。三十年前，他的房子是小瓦房，是当时最好的；现在到处都是两层小楼，他的房子成了最差的……他在镇上的养老院里坐着，还想告，每天愣愣的，竟不知道自己要告什么……等等，等等。

据此，我们的时代需要方向，需要精神上的滋养。那么，如何扣住这个时代的脉搏，给时代的精神生活点明方向，我认为，作家是离不开时代生活的。尤其是在如此丰富复杂的时代生活面前，作家更应该深入生活。只有真正深入到生活当中，才能全方位地认识我们这个时代，写出无愧于我们这个时代的作品来。

由此，我更深切地认识到，平原，就是滋养我的大地。

2017 年

○　●

有诗的生活　　·····································

有什么东西可以拽住时光呢？

有什么东西可以留住岁月呢？

也还是想起了那座灯塔，木制的，有蓝色的漆彩；也还是想起了夏日里那满城的荷花，河上有桥，是木桥，一板一板走在上边，桥板呱嗒、呱嗒响；也还是想起了夜半窝在街角拉风箱的老者，一风灯、一泥灶、一把铁勺，还有那"江米甜酒"（那时候，就是这样的写法）的甜糯、温热；还有晨光里小摊上冒着热气的荷叶包子、胡辣汤……

也许，我们是见过面的，在小城的十字街口，抑或是在旧日"城墙"的集市上。那时候，我们打过招呼吗？或是点头、会心地一笑？一句"吃了吗？"就是我们旧日乡人的接头密码。

我说这样的话，别人是很难懂的。只有在乡音里泡久了的人，才会知晓。当出版社的朋友把诗作送到我面前的时候，我看到上面写着：杨文潭，小城许昌人。心里不由一热，这是老乡啊。老乡，老乡！那么，一个不算懂诗的人，也就"湿"一回吧。

杨文潭先生的诗作，是他数十年心路历程的真实写照。在庸常的日子里，诗歌成了他的一盏照路"心灯"，那光亮在岁月里一日日地暖己、暖人。在有雨有雪的日子里，这诗歌就是火炉；在炎炎的夏日，这诗歌就是一缕清风；或许，它就是"盐"，是寡淡时光里的一味醒世的有滋有味的"盐"。或者说是念想？一个人一旦有了念想，那岁月就活出了品位，活出了生动和雅意，活出了精气神。我以为，这是一个自发的光源。它的亮是给人照路的，照己也照人。当文潭先生一路走来的时候，有诗书相伴，真好！

文潭先生的诗，质朴、亲切、生动。那是以乡音做底垫、用心血熬出来的丰富，是用真情实感喂出来的精神升华。比如《童年的记忆》《草在想》《梦醉在故乡的泥土里》《窝》《过年的日子》《老屋》《母亲的背弯了》，等等，等等。诗文在岁月的缝隙里游走，捡拾那点点光照，捧出一掬掬诗情和智慧的歌珠儿。

文潭先生也以歌为洗、以歌为照、以歌为铭，有很多诗句是叫人醒、叫人忆、叫人化的。

文潭先生以诗为剑、以诗为旗、以诗为盾，长歌当号，抵御着物欲横流的、纷纷攘攘的金钱世界，这也足以让人致以敬意。

从文字中看，文潭先生身上是承袭了家乡汉魏古风的，那气韵也是以平原大地为依托，有根有底的。这么说，通过先生的诗作，以文会友，我们就算是结识了。但愿文潭先生文思泉涌，越走越好。

在文潭先生诗作出版之际，以此为贺。

2017 年

○　●

文坛老友 ·······································

大约四十年前，或许更早一些？

一个窗口斜进落日余晖的黄昏，在许昌县图书馆一排排书架的后边，在一个狭窄的仅容下一人的过道里，我见到了张长安先生。

我是从摆满图书的书架缝隙里看到他的。那时长安先生也还年轻，记得他头上戴一顶黑色的礼服呢鸭舌帽，显得潇洒、沉稳、持重。他站在门口处，正在与馆长说话。也还记得，他好像与馆长很熟。他说，他的一篇文学作品就要发表了。他来，是要借一本书。什么书呢？已经记不得了。

当时，我就躲在书架的后边，屏神静气，呆呆地望着他。而后他大步向书架前走来，很安详地在书架前翻着找书看……隔着两排书架，我悄悄地打量着他，且慢慢地、一步步地往后退着，就像是一个偷儿。我知道，我是在向长安先生致敬，向文学致敬。

上世纪80年代是文学的年代。此后，在一些时间里，在一些会议上，我跟长安先生认识了。这时我才知道，他跟我家乡的另一位老友刘向阳先生同在县文化馆工作，都是搞文学创作的。在我的记忆里，长安先生是一个刻苦、踏实、认真的青年作家。那时候他已在报刊上发表了一些作品。每日里仍被文学燃烧着，一谈起文学就滔滔不绝，甚至夜不能寐。长安先生出身农家，很有生活积累，且挚爱文学创作。他讲话时略微带一点点口吃，就更能给人以恳切、生动的印象。记得，每当他讲起乡村生活，讲起三叔二大爷，讲起杈把、扫帚、牛笼嘴……讲着讲着，人们就笑了，大笑。他其实是一个很有幽默感的人。

日子很碎，不是吗？后来，长安先生突然消失了，不再出现在文学会议上了。记得当年好像还有很多文学工作者打听，长安呢？长安哪儿去了？再后来，人们才知道，长安先生那时一月工资才三十多块钱，且上有老、下有小，两个孩子要上学，妻子又没有工作，生活压力太大。于是，他忍痛割爱，辞职下海了。是啊，那年月，文学是不能当饭吃的。

再次见到长安先生，仍是在一次文学会议上。这时候，已是四十年过去了。我们都老了。让我惊诧不已的是，年近七十岁的长安先生，脸上仍有童气在，仍然对文学保有难得的激情。一谈起文学，就两眼放光！记得参加会议的作家们集体照相的时候，他一路小跑着，精神抖擞地说：我回归了，回归！

长安先生出身农家，他的创作一开始就是从现实生活出发的。他的文字朴实、生动、幽默，洋溢着浓郁的生活气息。他对平原的民俗、民风、民情有不同于一般人的理解与洞察，常在人们不经意的生活细节中发现真、善、美；也正由于来自基层，他对人生苦难更有不同于一般人的思考与体悟，这些都一一浸润在他的文字里。

好了，借长安先生的"回归"，借长安先生散文集出版之际，说了以上的话，以示祝贺！

2017 年

○ ●

蝴蝶的鼾声 ·······························

那只蝴蝶，卧在铁轨上的蝴蝶，它醒了吗？说实话，我不知道。

在平原，"客"是一种尊称。上至幕僚、术士、东床、西席，下至亲朋、好友，以至于走街卖浆之流，进了门统称为"客"。是啊，人海茫茫，车流滚滚，谁又不是"客"呢？

我说过，我一直在写"土壤与植物"的关系，我是把人当"植物"来写的。《平原客》写作时间两年多一点，准备时间却长达十年。从表面上看，这应是一部反腐题材的作品，我写的是平原一个副省长的杀妻案。其实我写的是一个特定地域的精神生态，也可以说是一部"人民批判书"。改革开放三十多年了。三十多年来，人民的生活发生了巨大的变化。列车在高速前行，在人人"失重"的巨大变化中，前方已失去目标。从某种意义上说，腐烂是从底部最先开始的，可以说是全民性的。所以，这部长篇小说，我是从一个"花客"写起的。这部长篇小说的所有内容，都是由这么一个"花客"引发出来的，一个卖"花"的人，从一个小镇的花市出发，引出了一连串的人和故事……所以，这部长篇的名字叫《平原客》。

　　记得上世纪 80 年代初，我刚调到省城的时候，日子很素，每每馋了，想打牙祭的时候，就跑到市中心的二七塔附近去排队。那里有一个"合记烩面馆"，门前总是排着长长的队列。那时候，人们改善生活，也就是吃一碗烩面什么的。"合记烩面馆"的面筋道，好吃，是用大马勺下的，一勺一碗，加上旺旺的辣子，会让你吃出通身大汗。记得当年是四毛五一碗，还要二两粮票。

　　后来遍地都是烩面馆，烩面的种类也多，天上飞的，地下跑的，水里游的，都下到锅里去了……吃着吃着，你都不知道该选哪一种了。当人们开始打一个饱嗝的时候，转眼间，就像是雨后春笋一般，街面上突然出现了发廊和洗脚屋，那红红的灯笼挂在门前，诱了很多人的眼。后来就又有了洗浴中心、卡拉 OK 歌厅之类。在一个时期里，我听说，南方、北方各有十万"洗头"或是"洗脚"的大军，或南下，或北上……妹子们是挣钱来了。再后来，妹子们就站在街面的橱窗里去了，薄如蝉翼的裙装上挂着各自的号牌，在"滚滚呀红尘、痴痴呀情深"的乐声中搔首弄姿，等待着你的挑选……难道说，路人甲或路人乙，还有那么多的"吃瓜群众"，你就不想看一眼吗？是啊，也许就有人走进去了。难道说，号称的十万大军仅仅腐蚀了一个路人甲吗？就说是一人腐蚀了一个，那又是多少？

　　大约有十年的时间，我一直在关注平原上的一个案件。这是一个副省级干部杀妻案。这个副省长自幼苦读，考上大学后，又到美国深造，成了一个留美博士、专家型的官员。可他却雇凶杀妻，被判了死刑……我曾经专门到他的家乡采访，对这样一个杀妻的凶犯，村里人却并不恨他。村人告诉我说：他是个好人。是他家的风水不好。他家后来盖房盖到"坑"里去了。这样一个人，本质上不是一个坏人，可他为什么要雇凶杀人呢？

　　这个副省长的第二任妻子，原是他家的小保姆，也是农家出身，百姓家的孩子，大约也是一心奔好日子的。当她终于成了省长夫人后，战争却开始了，两人相互间成了敌人，她顽强地战斗着，且越战越勇，直至战死……这是为什么呢？

有十多年了，我一直关注平原上的一个种花人。他祖上辈辈都是种花人，号称"弓背家族"。我知道养花的人是爱美的，是善的。他后来成了地方上有名的"园艺大师"。他是搞嫁接的，他把花养成了"精灵"，他让它什么时候开花，它就什么时候开花。可在"吃瓜群众"看来，他最值得骄傲的是养了一个当市长的儿子，他成了"市长他爹"。可是，这个市长后来也成了杀人犯……这是为什么呢？

也有十多年光景了，或者更长一点，我一直关注着平原上公安部门的一个预审员。在一个时期里，他曾被人称作"天下第一审"。他绰号"刀片"，终日眯缝着一双小眼，以眼睛为武器，破过许多别人根本破不了的大案，可他审着审着却把自己给审进去了……他还有一个敌人，那是他的亲生儿子。这是为什么呢？

是啊，社会生活单一的年代，我们渴望多元；在多元化时期，我们又怀念纯粹。但社会生活单一了，必然导致纯粹，可纯粹又容易导致极端。社会生活多元了，多元导致丰富，但又容易陷入混沌或变乱。这是一个悖论。总之，对于人类社会来说，所谓的永恒，就是一个字：变。

开始了。车轮滚滚向前。那只蝴蝶，卧在铁轨上的蝴蝶，它醒了吗？

2017 年

本文系长篇小说《平原客》后记

○　●

我的自述　·······································

1953 年，阴历九月二十九，也就是公历 11 月 5 日，一个男娃出生在小城许昌三间草屋的一堆将熄的草木灰旁，母亲用一把破剪刀就着将熄的火堆烤了烤，就此剪断了脐带。于是一个生命降生在人世间，那就是我了。此后，草木的气味一直留存在我冥冥之中的记忆里，伴我终生。

我虽出身于工人家庭，但少年时期，我有很多时间是在姥姥的村庄里度过的。那时，我也跟乡下的孩子一样，一手扛着草筐，一手拿着小铲，赤条条地在乡野里跑来跑去，成了一个编外的割草孩子。也就是从那时起，我就认识了平原上各种各样的草：狗狗秧，甜甜牙，猫猫眼，乞乞牙，蜜蜜罐，灯笼棵，格巴皮，星星草，败节草，面条棵，马齿苋，毛妞菜，猪耳朵棵，小虫儿窝蛋……草的形状和气味伴随着我一天天长大，它已浸润在我的血液之中。

一个人的少年经历是可以影响一生的。在很多时间里，在人生行走的路途中，我觉得我也成了平原上的一株草。

1971 年 3 月 4 日，我与当年的所有中学生一样，下乡当了知青，又成了一个地地道道的农民。在田野里我同乡人一起劳作，干各种各样的农活，依然是与草木为伍。在有风的日子里，在灰蒙蒙的天空下，我在很长时间里与土地的颜色很一致。我知道，"瓦块云，晒死人"；我知道，"麦忙不算忙，要忙还是桑叶长"。那时候，天空的颜色与我的心情很一致，庄稼的收成跟我的心情很一致，麦芒扎在手上会发出一种涩香味，玉米成熟时的腥甜与身上的汗味很一致，下雨的日子站在屋檐下，雨水滴答声会传达一种秋天的忧郁。农闲的时候，作为知青生产队的队长，我常与一群一群的支书、队长去公社开会。在这些腰里束着麻绳、吸着"老炮筒"（手工卷烟）、高声日骂的灰色人堆里，我曾很自豪地走在他们中间。

此后，这些日子都成了我进入文学"平原"的铺垫。

1980 年，阴差阳错，我成了一名半专业的文学工作者。于是，一个不善交际的人，有了一份可以单独面壁的工作叫作事业。从此，我便有了在平原上行走的条件，也渐渐有了自己的写作领地。我很幸运，这应是上苍的厚爱。

平原是我的家乡，也是我的写作领地。它先是常年走动的一些个城市和县份，尔后就成了我心中的"平原"。它是我的生活记忆，也是虚拟化了的人生感悟。它是一株"草"与另一株"草"的对话，也是"草"与大地的诉说。有时候，日子是很疼的；有时候，指甲也会开花……

如从我发表第一篇作品始，四十年过去了。写作已成了我日常的生活习惯，是日子里很重要的一部分。

我感念我的平原。感念我的家乡。

2018 年

第四人称写作

　　三十八年前，我独自一人，提着一小捆书来到了省城。

　　那时候，我是刚调来的，借住在省城的一家又一家招待所里（因为各种原因，不时需要搬动）。每天傍晚，下班后，很孤，就习惯性地四处游走。说是散步，其实就是在夜幕的掩盖下，漫无目的地走，一直走到郊外。有时，很像是一匹独狼。

　　慢慢地，我先是熟悉了一些街道，而后又熟悉了一些声音，那是乡音。比如，在街头卖红薯的老汉，蹬三轮收废品的小伙，替老板看摊并穿羊肉串的小姑娘，更多的是一些民工，坐在路牙子上吃饭的民工。他们一身汗气，大腔大口地议论着什么……常常，我觉得，我就是他们中的一个。在这个意义上说，"他们"，也就是"我们"。

　　后来，城市一天天大，我再也走不到郊外，听不见蛐蛐叫了。

　　再后来，走得远了些。在北、上、广，在每一个不同的省会城市里，我仍然会"拾"到乡音。很多年过去了，"我们"也开始说"普通话"了，衣着也发生了很大的变化，且大多用手机说话，似乎单从衣着和做派已很难辨认"我们"了。"我们"中，有的已经成了小老板，有的成了有房有车的大商人，可大多还在挣扎。"我们"是奔着"灯"来的，"我们"心里曾经有"灯"。但是，"我们"说话的底音仍然没有变，那是变不了的。还有一些从泥土里、娘胎里带出来的东西，无从改变。比如："俺""咱""咋""球"，学说普通话时，会忍不住从喉咙眼里滑溜出来。

三十八年过去了，社会生活发生了巨大的变化，人人都在变。那么，是否该回头看一看，行色匆匆，我们丢失了什么？我当然希望这些奔生路的人都好起来。可脱去了老袄，我们该穿戴些什么，才可以高贵？我们从哪里来，又会到哪里去呢？

在这里，"我们"是一个复数，也可以说是一个进了"城"或者说是将要进"城"的群体。是父老乡亲，是兄弟姊妹。在这个意义上说，"祁小元们"正是"我们"中的一个。

所以，这篇小说，我特意改变了人称，用的是——"我们"。由此，我把它称为"第四人称"写作。

2018 年

本文系中篇小说《杏的眼》创作谈

○　●

北方的树　·······································

大约三十四年前，或许更早一些？

当我与张海先生（作为河南省文联的调干）蹲在二号楼前，在临时搭建的简易小食堂前的空地上吃饭的时候，忽然有一日，就见一个大学生模样的姑娘从楼前经过。她看上去素素净净、小小巧巧，围着一袭红纱巾，给人一种秀丽的、小白杨一般的感觉。是不是呢？当她从二号楼前走过时，头是昂着的，不是高傲，是直直正正的干练与严谨，眼睛大大的，放出一种光芒（是严肃或是凛然？说不清的）。她就那么直直地走过去了。后来，我才知道她就是杨杰，刚从郑州大学分配到省文联来的高才生。

二十二年后，小白杨长成了大树。当她奉命调离河南省文联时，已成了在省城独当一面的社科单位的负责人了。记得在欢送会上，我曾经给她开了一个玩笑，我说："在我心目中，杨杰约等于'组织'。"这当然是一句玩笑话。其实，我是说她是一个认真负责的人。杨杰初到文联，是奔着文学来的。她是郑大文科的高才生，念大学时就发表过散文作品，为理想选择了这么个一般人看来不起眼的文化单位。可组织上分配她到组织联络处工作，她就兢兢业业地在那里填写各种各样的表格。偶尔，你到人事处去，会看到她的微笑，也是小女儿样儿。但一说到工作，她就会认真起来。该怎样就是怎样，一丝不苟。业余时间，她写散文，练书法，生孩子，一样不落。在文联大院里，我们算是点头之交，就见她常常在院子里匆匆走过，干练、从容。笑容挂在脸上，辛苦藏在心底。她有机会就去拜访书法界、文学界的各位长者，虚心向院内的各位专家学习、切磋……她是真忙啊！

记得 2001 年，河南省文联在一个破院子里窝憋多年后，集全单位之力，终于想要盖一座像样些的办公综合楼了。于是文联党组就把旧楼的拆迁任务交给了杨杰。谁都知道，拆迁是最难的，是很得罪人的事情。可杨杰一口应承下来。我不知道她是怎样做的，熬了多少个日日夜夜。杨杰为人从不做高声，但面对那一个一个的家庭、一个一个的资深老同志，一个一个有理无理的要求，一个一个很难解决的棘手问题，她是怎样攻下来的？当时杨杰住在二号楼。夜深了，一单元四楼的灯还亮着，秋凉如水，虫鸣啾啾，在那些让人烦恼的夜晚，当那一张张宣纸铺开的时候，心中的块垒，是否就在那一墨一墨的书写中化去？是啊，一枝一叶总关情。走出家门，每当在院里碰到她，仍是微笑、从容、干练。总之，拆迁工作顺利完成了……在时光中，白杨枝繁叶茂，成了一棵大树，且玉树临风。

坦白地说，我接触杨杰的书法作品稍晚一点。首先是隔行如隔山，加上杨杰一向内敛、低调，从不在公开场合宣传自己。所以，一直到近些年，我才在一个偶然的场合看到了她的书法作品，也还是吃了一惊。

那是树吗？北方的树，不同寻常的树，雄浑苍劲，虬虬髯髯，一树一树铺展开去，在阳光里亮着。这是迎接春天的树，有神性的树，它一斧一斧地立在纸面上，碑意卓然，镌造化于笔端，疏时光于刻间，一墨一墨重，就像是一株株带翅膀的神树，黑色的，飞向阳光的树……这就是我对杨杰书法作品的初步印象。

北方的树并不妩媚。尤其是冬日里的树，它在天空下静着，不隐不藏，枝条自然地、个性地裸散开去。皇天后土下，在辽阔的大地上挑着一抹阳光，它的枝条飞舞着个性的张力，静处有动，动处有幽，本质、敦厚，在光合作用下畅扬着欲飞的诗意……这是一种灵魂的诉说，对岁月的诉说。这也是一种开放式的拙，大大方方的拙，拙出大气来，迎霜傲雪，硬硬虬虬地在枝头开出梅花来，让诗意在诉说里幽幽地散开去，自然呈现出一种独一无二的墨香。这也许就是碑派与帖派的差别吧？

在我看来，杨杰的书法是以行草见长的。她虽以修唐楷为学书开端，又杂糅各家所长，终还是以碑书为底，以气势为胜的。在她的书法作品里，坚守与个性尤为显著。她虽是一个小女子，但内里却是气象万千。她的书法作品字里行间放射出强大的气场，仿佛立在金戈铁马的战场上，以气为剑，义薄云天。

在我看来，杨杰的书法作品天性、朴素、诚恳、自然，中正刚健，古朴峻厚，与任何一个书家都是不一样的。杨杰一向称自己是"愚人""笨人""懒人"，这当然是谦辞了。由此看来，虽然她也杂糅各家所长，但执着于个性创作却是她自己选的。这应是一条"笨人"走的路，下的是苦力。杨杰从上世纪 70 年代开始书法创作，师从碑派凡四十年，漫漫长长的路，没有点耐力和韧性，也不是一般人能走下去的。我个人认为，"一朝顿悟"与"十年面壁"还是有差别的。一朝顿悟，拼的是聪明，聪明当然好。而"十年面壁"，有时光为衬，岁月作底，毕竟更厚重些。杨杰在繁重的工作之余能有今天的大成就，正说明了这一点。

那么，北方的树，挺立在大地之上的树，应是"明年更有新条在，绕乱春风卒未休"了吧？

2018 年

○　●

有翅膀的文字 ·······································

一

我常常觉得，文字是有翅膀的。

小时候没有书读。寻寻觅觅找到一本书，每当读得忘乎所以之时，就仿佛是跟着书上的文字，一次次凌空飞翔。那些文字，带我从瓦岗寨到梁山泊，从太虚幻境的青埂峰下到西天取经的漫漫长路。更有那些从未听过、更不可能到过的异国他乡……在那些有书读的幸福时刻，我懂得了，好的文字，是可以带领一个人飞翔的文字。

我面前是杨伟利的书稿。这位女作者的名字，与我国第一个飞向太空的航天员很接近。很坚强的一个名字，是不是？我看过她在作家出版社出的《穿越黄昏小巷》，这是她的又一部集子。

一个小女子，幼年离开父母，跟随姥姥生活在乡下。十四岁参加工作，先后在县建筑公司、电业局、土地管理局、高速公路公司就职……这样的经历，每一步走来，应该都是很不易的。那是些怎样烟熏火燎、泥泞坎坷的路途呢？

可是，杨伟利的文字，却听不到呻吟，她在写作中用心审视、翻检过去的岁月。我注意到，她文章中有一个特别的词语叫"细筛"。说的是一位乡村长辈教导女孩子要"过细筛"，意指女孩子要爱惜、精致自己。我感觉，杨伟利的写作也像"过细筛"，她在一篇篇文章中淘洗着日子的泥沙，留下了生活的云母、贝壳、吉光片羽。这样的文字，让杨伟利从具象的、琐碎的、泥沙俱下的生活中抽离了出来，在文学的天空中飞翔。

二

我一直以为，一个作家的语言行走方式不是文字本身，它是一种视角，与他的人生经历和世界观、思维方式紧密相连。在这个意义上说，杨伟利的文字是主观的、纯个人化的，是意识的抽身在外，仿佛是从空中俯瞰大地，就像是长在时光树叶上的第三只眼睛。

那么，在内心深处，她是想飞的。

这就要说到"感觉"了。有没有文学"感觉"，这几乎是一个作家的先天了。通过她的文字可以看出，杨伟利的文学感觉很好。她的生命体验通过独有的文字形态表达出来，就显现出了与众不同的意蕴和个性色彩。如《冬日阳光下的父亲》中，她开笔写道："对父亲的记忆，如珍珠，少而又少，是一粒一粒的。"这开篇的文字是多么好啊！首先，这是"过来式"的，是俯视的，是对人生岁月的大穿越。可以看出，正因为短暂，才如此珍贵；正因为缺失，才是"一粒一粒的"。这里边埋藏着一个小女孩童年里的呼喊，埋藏着陷在日子里的怨恨与不舍，以及经岁月磨损后的原宥……如在《花祭》中，杨伟利把少女的初潮用花的形态来表达："花开了，我却毫无准备……"而后，"花"开"花"谢，由此延伸到了姥姥、母亲、女儿三代女性的命运。首先这是女性独有的一种表述方式，选取的又是一种纯个性化的角度，与生命体察紧密相连，时光与爱意深浸在作品的字里行间。

文字是人生的一面镜子，在时间中，杨伟利一直用文字给自我照镜子。像这样极具个性化的表述方式，可以说在杨伟利的散文里比比皆是。如《焦渴的午后以及夜晚》，以蝈蝈的死亡喻人生的"心狱"；如《水事》，以干旱的水库暗喻精神的"干涸"，等等，篇篇字背有字，给人耳目一新的感觉。

三

散文是以情动人的。

在杨伟利的文字里，我读到了两个字——呼唤。

虽然带一点忧伤，但她的"呼唤"是女性特有的，诗化的，充满爱意的，她呼唤的是人类的善意和亲情。

在下雪的日子里，她以"酒"的方式在呼唤；在西去的列车上，她以一个小姑娘柔和的眼神在呼唤；在姥姥的小院里，她以"树"的思念在呼唤；在父亲出走的日子里，她以童年的猜"圆"猜"方"来呼唤……杨伟利的文字里始终弥漫着一种淡淡的忧伤和诗意。在她的文字里，情感演变成了一种低声的呼唤，她是在呼唤亲情，同时也是在唤醒自己。无论是姥姥小院里的一棵树，还是大西北的黄土地、火车上的小女孩，一花一草一情一景都能激发出她内心对爱意和亲情的渴望，这渴望久藏在内心深处，在时间中渐渐幻化成了一种内心的呼喊。这呼唤是有色彩的，是一脉一脉的温情，看了让人心柔软。

同时，她是渴望飞翔的。这就像一个"我"在高空俯视另一个"我"。特别让人惊讶的是，这种深情与爱意含在文字里，是现代女性独有的纯个性化的表达。女性意识在杨伟利的文字里显得极为鲜明。从一个小县城里走出来的杨伟利，内心深处有一种与众不同的现代意识或者可以称之为"第三只眼睛"。这里边有叛逆也有超越，有呼唤也有检索，有回溯也有阐释，有具象细节也有抽象的人生思考。比如她能嗅到阳光里的"霉味"，比如她能听到"露珠在尖叫"，比如她会给发卡做一个"祭祀"，比如她会留意遗忘在抽屉里的一个便笺……这些丝丝缕缕，在《胭脂黄昏》《西北札记》《能饮一杯无》《在外婆膝下的日子》《风景里的小村庄》《白事》《大杂院里的艺术人生》中都有精彩、独到的描写。

客观地说，杨伟利的文字是长了翅膀的，虽然还不够宽广，但在内心深处，她渴望飞翔，渴望走出具象生活的羁绊，在干渴的生活沙漠里找到精神上的慰藉。于是她以文学的方式开启一条人生的跑道，以她独有的女性视角起飞，期望在广阔的精神世界里遨游。当然，对一个作家而言，杨伟利还有一定的局限性，未来还有很远的路要走，写下这些文字，是期望她越走越好。

2019 年

一双诚实的眼睛

大约有二十年了。或许，更早一些？

可我实在记不清，我们是在一个什么场合见面的。只记得，初次见面，没有寒暄，只是默默地点了点头。是不是呢？时光就像是一把刷子，它抹去了很多美好的记忆。

可我记住了这双眼睛。他目光里带一点点女孩样的羞涩，带一点稍稍的淡漠，带一点自甘边缘的沉默，有尊严的、内敛的沉默。那目光却又是温润的、清澈的、宽和的。还有，怎么说？如果说是一泓泉的话，是可以见底的，如若投下一粒石子，是可以听得见琴声的；如果是一眼井的话，却又是深邃的，有梦幻的。这就是赵立功的眼睛。这就是我认识的赵立功。

记得，立功最初是《大河报》创刊以来最早的文化版的编辑和记者，一个在新闻岗位上却又被文学修行的小伙子。后来，他成了一个开"茶馆"的。他的这个"茶馆"别开生面，就开在这家曾发行数百万份的报纸上，名曰"茶坊"。据史书记载，两晋时已有"茶坊"，后来逐渐演变成了"摆龙门阵"的地方。而由立功主持的"茶坊"，实质上是一个推介文学作品和影视评论的晒台。在这么一个有着一亿人口的文化茶馆里，他身兼二职，既是"茶博士"，又是前后张罗的"店小二"。他自觉自愿地当了一名"店小二"。

曾记得，那时的"店小二"时常参加文学界的各种评介和研讨会。来了，就悄没声儿地坐在后排，从不张扬，话也很少，只默默地在本子上记着些什么。偶尔，你会看到一双半眯着的眼睛，像是在沉思又像是在倾听，静静地，韧韧地，很执着。有时，会有灵光的一闪，而后，就有一篇篇文章在"茶坊"上推介出来。不记得有多少文学青年是经"茶坊"推介出来的；也不记得有多少作品是经"茶坊"诠释后，推介给读者的。于是，渐渐地，"茶坊"的品位得到了文学界和广大读者的一致认可，特别是在文学圈子里，看大河报，是必来"茶坊"的。或可以说，他制的是"茶砖"。他的"茶砖"垒建的是一个地域的文化基座。可往来"茶坊"的人，却未必知道赵立功这个在幕后制茶的人。

时光荏苒，后来立功成了《河南日报·周末版》"读书观影"栏目的编辑，仍延续着优秀作品推介、社会文化建设的工作，却更大众化了。在各种文化会议上，他仍然是悄悄地来，悄悄地去，从不显山露水。他就一直这样默默无闻地站在幕后，为一个省的文化建设做了许多工作。数十年来，这样的工作，没有板凳敢坐十年冷的定力，是坚持不下来的。

在长年品"茶"的日子里，立功先生把自己也种成了一个老资格的"茶农"。他本就是一个优秀的诗人，也是作家和评论家。在一年又一年的"种植"过程中（他种植的是一个时代的声音），他把深厚的文学底蕴注入他的文字，他的诗意浸透在他的字里行间，他把真诚的思考化在他的一篇篇评介文章里，不溢美，不隐恶，在体现善意、鼓励后进的同时，鞭辟入里地品评作品的优与劣、长与短、得与失，常常一语中的，发人深省。同时，他作品中还有很大一部分是他长年读书与思考的心得，这部分应是他作品中最见个性和洞察力的。如今，当他把这些"诗话""书话""影话"结集出版时，已是洋洋洒洒的大观了。

借用艾青的一句话为结：为什么我的眼睛里常含泪水，因为我对这土地爱得深沉。

2019 年

月坛北街 2 号

三十年了。

想一想，也还是有些恍惚。

那是秋天么？或许，还要早一些。一个有风的日子，《北京文学》当时的副主编陈世崇和小说组组长傅锋风尘仆仆地来到郑州。他们是来组稿的。老陈中等个，虽然戴着眼镜，仍显得朴实敦厚。傅锋呢，一米八的个头，白净子，瘦瘦的，看上去玉树临风，是个很正点的帅小伙子。后来才知道，这位被我们称为"小傅"的，是北大毕业的才子。初次见面，握了下手，也都淡淡的。两人话不多，就说：听说你写了篇稿子，中篇吧？让我们看看。

我确实刚刚写完一个中篇，正在修改。心里惴惴的，也没敢多说什么，就说：你们看看吧。交上稿子，我就离开了。走出招待所的房间，心里像揣了个"兔子"。

这"兔子"我一直揣着，回到家里，仍是坐卧不安。傍晚时分，我对自己说，走走？就走走。只当散步呢。这一"散"就散到了文联机关院，小招待所就在这个院子里。往上看是二楼，一楼是食堂，二楼住人。心里有"兔子"，人没动，脚先动了，就上了二楼。还是散步的意思，一步一步走上去。到了房间门口，站了一会儿，不好意思敲门。正待要转身，门开了，傅锋提着暖水壶走出来，看见我，说：进，我打瓶水。就硬着头皮走进去，见床上、茶几上放着一些零零散散的稿子，老陈戴着眼镜正看稿子呢。见我进来，寒暄了两句，就没话了。过了一会儿，傅锋提着暖水壶进来，我才发现，两人都在看稿子呢。老陈看一页，把稿子递给小傅，你一页我一页，两人传着看呢。于是，我讪讪地退了出来。

从此后，我知道了北京的月坛北街 2 号——《北京文学》所在地。是 2 号吧？也许是我记忆有误。更早一些的时候，我是去过"北京文学"的。那时的《北京文学》，还在一个简易的、临时搭建的防震棚二楼（是不是呢？）。楼梯是铁架子焊的，踩上去吱吱咛咛的。当时，我是河南《莽原》杂志分管北片的编辑，第一次到北京去组稿。因为人生地不熟，是《北京文学》的刘恒先生到北京站去接我的。那会儿刘恒年轻，很瘦，硬朗干练的军人做派，军绿上衣，挎一军绿色布挎包。那时候，刘恒还在《北京文学》当编辑呢。他把我接到了《北京文学》编辑部，从抽屉里拿出了一个笔记本。他的第一部中篇小说，就写在这个笔记本上。

粗粗看了稿子，我就觉得刘恒的文字感觉极好。刘恒的这部中篇，发表在 1985 年《莽原》杂志第一期头题，并获得了首届"莽原文学奖"。当时，真是偏劳他了。他介绍我拜访了浩然先生、刘绍棠先生和一些作家……可是，行色匆匆，我并不知道这个地方就是月坛北街 2 号。

知道月坛北街 2 号是后来的事。记得，老陈和小傅来河南，把稿子带走了。只说，我们用了。不久，接到小傅来信，好像信封的地址就是北京月坛北街 2 号。这是当时《北京文学》的所在地，我记住了。小傅在信上告诉我，《无边无际的早晨》拟发 1990 年第一期。因为其中一节写有计划生育的内容，不得不做一些删改，就此征求我的意见。我说，删就删吧。这个中篇在《北京文学》发表后，《小说月报》《小说选刊》《中篇小说选刊》等多家选刊都分别头题选载了，也先后给评了奖。三十年前，这对我来说是一种莫大的鼓励。记得当时有人说，你这部中篇是可以获全国奖的。可是，那一年，因为某种原因，小说奖不评了。

　　后来去北京开会，与几位编辑见面的机会就多了。记得老陈先是当了《北京文学》主编，后来是北京作协的党组书记了。刘恒兄也成了北京作协的主席了。见面时才知道，北京文联的赵金九老哥和陈世崇老兄竟还都是河南老乡呢。只是通过多次信的小傅老弟，再没见过面。

　　直到现在，我还每期都能收到《北京文学》赠送的刊物。沧海桑田，听说《北京文学》早已搬家了。虽然没去过，可我心里一直记着呢。

2020 年 1 月

○　●

"平原"　是我的精神家园，
也是我的写作领地

—— 对话傅小平

1

"我把人当'植物'来写，要表现土壤与植物之间的复杂关系和生命形态，我是有痛感的。"

傅小平：读你的长篇新作《河洛图》，以及前作《羊的门》《平原客》等，我都在想，相关题材要是换成功力稍逊的作家来写，很有可能会写成眼下习见的类型小说，因为这几部长篇写是的商场、官场、职场，以及家族、反腐等。当然，《城的灯》《生命册》等虽然写到相关行业或领域，相比要复杂一些。从文学角度看，类型小说多有较大的局限性。但你的写作却能跳出类型写作的窠臼，展现出大魂魄和大气象。我想这主要是因为你一直在豫中平原这个背景下展开小说叙述，并且如评论家李敬泽所说，你总是能够在具体的社会历史语境中，对我们所面临的困境、我们的灵魂状况，进行非常有洞察力的追问。

李佩甫：我从来没有考虑，也没打算写类型小说。我的创作是这么来的，早在上世纪 70 年代末期，我就喜欢看书，也经历了各种事情，阴差阳错走进了文学的大门。刚开始写作的时候，我也没有什么方向，就是到处找素材，苦不堪言。直到 1985 年写出《红蚂蚱，绿蚂蚱》，我才算初步找到了写作方向。各人有各人的发展阶段吧，我只有写到那个阶段才发现自己还有一块属于自己的地方，也就是豫中平原。而在以前，我都是写一些道听途说的东西。那么，找到这块矿藏以后，一开始我也只是写自己的童年、少年，也就是记忆中的一些东西，所以这块地方并不是很大的，但我慢慢写着，它就扩大成了整个平原。我说过，"平原"是生我养我的地方，是我的精神家园，也是我的写作领地。在一些时间里，我一直着力于写"人与土地"的对话，或者说是写"土壤与植物"的关系。我把人当"植物"来写，我就是要表现土壤与植物之间的复杂关系和生命形态，这样写的时候，我是有痛感的。当然，我最早几乎都写的原生态，然后往前走，慢慢向内转，才开始切入平原的精神生态，这中间是有过程的。

傅小平：与写作相伴随，你对中原的认知，也定然是步步深入。

李佩甫：中原是一块绵羊地啊，它受儒家文化影响太深了。说老实话，汉字最早是刻在甲骨上、瓦片上，后来就刻到人心里去了。所以我说，我们的汉字是用鲜血喂出来的。这不是夸张的，是我见过很多世面后逐渐认识到的。走上写作道路后，我的生活面扩大了，走的地方也多，见识过三教九流的人物，和工农商学兵各个阶层都有过交道。无论是乡村，还是城市，我都有了解。年岁渐长以后，我越来越觉得，中原是被儒家文化驯服最深的一块地方。历朝历代，中原都遭遇过各种劫难。经历过漫长的时间以后，世世代代的老百姓就养成了一种骨头被打断，但又能粘起来的生命状态。它还有个最大的特点就是百折不挠、生生不息。

傅小平：这也可以说是整个中华民族的共性，也许在中原表现得突出一些。

李佩甫：我就觉得，儒家文化虽然有很多糟粕，但它最大的优点是它有很大的同化力和包容性。都说犹太民族是世界上最顽强的民族，犹太人是最不容易被同化的。但在宋代时，犹太人中有一支逃难到当时的国都开封，在开封住下后就被彻底汉化了。历经这么长时间，现在看一点痕迹都没有。我后来作为作家代表团成员去过以色列，参观他们的大流散博物馆，看到过相关的历史记录。现在开封有一些犹太后裔，也就几分之一犹太血统了，虽然他们中有愿意回以色列的，但他们的生活方式早已经完全被汉化了。

傅小平：这些看似和你的写作没有直接关系，但我想，正是这些思考构成了你写作的底蕴。所以读你的小说，能读到一种透彻的历史纵深感。

李佩甫：我说过一句话，中原是最代表中国的一块土地。我的想法是，这个被儒家文化浸润过的，被血肉喂养出来的民族，即使有一万个缺点，有一个优点是其他任何一个民族都比不了的，就是繁衍力和生命力。我多年来一直想这个问题，想弄清楚汉民族、汉文化的发展轨迹，就是我们这个民族怎么一步步成了现在这个样子。我个人认为，这是我写作的研究方向，也是我长年寻找汉文化精神思维方向得出的判断。

傅小平：从开始写作，到最后找到方向，你经历了怎样一个过程？

李佩甫：我 1971 年下乡，1974 年上技校，学车工。1976 年开始当工人，1978 年发表第一篇小说，1979 年调到许昌市文化局当创作员，到了1985 年写出《红蚂蚱，绿蚂蚱》，也就是说用了七年时间才找到写作方向。之前我当过工人，写过不少工厂小说。那个时候就是编故事，找素材，写得很苦。等找到源泉后，写作就不那么苦了。

傅小平：在你的小说里，《河洛图》和《等等灵魂》似乎偏通俗一些。两部小说虽然写的不同历史年代，但都可以说是写商战的。《河洛图》里的康家像是靠着一份传说中的秘籍连富了十二代，《等等灵魂》里的转业军人任秋风却是在造就商场航母后，在各种利诱下迷失了灵魂，并且在权力欲驱使下盲目拓展，苦心经营的"商业帝国"崩塌。两者不同结局似乎隐含了什么。

李佩甫：是的，这两部作品都与写电视剧有关，当时是有时间限制的。写《等等灵魂》的时候，我仅仅写到了在高速发展的社会里，在到处都提倡"时间就是金钱，效率就是生命"的时期，金钱和权力对人的压迫和冶炼。有些问题我一时还没想清楚。等到写《河洛图》的时候，这中间就有了一些思考的时间。所以，写这部长篇我给自己定下了两个主题：一、写一个特定地域的生存法则。二、时间。就是说，在大时间的概念里，任何智慧和聪明都是不起作用的。

傅小平：你在小说尾声里就写到"时间是有眼的""在大时间的概念里，还有什么可说的呢？"，这些话里大概就反映了你说的第二个主题。小说引子，你写到风水师陈麦子一双眼睛能穿透三百年，应该有时间观上的考虑吧。因为单只是从故事情节看，不是非得有这个引子的。

李佩甫：我是觉得，一个三百年前的故事，是需要"天眼"的。所以，我借用了一个"大师"的眼睛。更重要的是，我想说，只有穿过历史才会发现，一个家族，无论多么富有，哪怕他是"神"，在大时代的变迁里，仍是很渺小的。

傅小平：的确如此。但把视线拉回到那个年代里，像康家少奶奶周亭兰就可以说用自己的身体力行，画了一个大写的"人"字。并且，她还为这个家族发展壮大打下了基础。对比而言，同样是写商战，《等等灵魂》比较多写的是尔虞我诈，《河洛图》却浓墨重彩写通识教育，也着实意味深长。

李佩甫：中原能够称为中华文明的发祥地，是有原因的。所谓的"文明"，以我个人的理解，就是用文字的形式把前人的经验、智慧、血泪凝结的教训用文字的形式固定下来，传给后人，这才叫"明"。所以，一代一代的后人，以读书做个"明白人"为始。这就是《河洛图》要阐释的意义所在。当然，文字也是可以"吃"人的，字背是有字的。就看你怎么去读了。

傅小平：像康秀才"留余"的理念，还是周亭兰"留余"的做法，从表面上看和《羊的门》里呼天成的"种人术"似乎有相通之处，用我们的俗话讲，无论做官还是经商，首先都要把人做"好"。

李佩甫："留余"中有一个很高尚的理念：留有余不尽之巧，以还造化。什么是"造化"呢？那就是大地、天空、阳光、流水，是大自然。这里提到的对大自然的"留余"，是极为超前的。尤其现在来看，它是在告诫后人，不要竭泽而渔，要给大自然留下休养生息的时间。

傅小平：这种理念很超前，可以看成是对儒家文化的继承性发展吧。

李佩甫：在中国当代大历史的框架里，包括儒家文化的底部，一直把"烈士"和"死士"放在尊崇的地位。这样的人太少了，也可以说是一代代活跃的"血分子"，是可以推动历史进程的"血分子"。尽管，历史基本上是统治者写就的，但古人是宁死也要留名的，今人与古人的差别是不同的"活法儿"。

　　傅小平：你的小说总体上对女性着墨不多，但《生命册》里的虫嫂让我读后深有触动。而且我觉得通过写虫嫂的遭遇，尤其是写她不被进城后的子女善待，你对城市病象剖析的力度，似乎不弱于一整本《城市白皮书》。怎么想到塑造这么一个人物形象？

　　李佩甫：写虫嫂这个人物，我是下了功夫的。虫嫂可以说是中原乡村的底版和基础。我觉得她与城市人的病象还是有很大差别的。她既是活的"细菌"，又是生生不息的源息。因为，她是有根基的。她与大地紧密相连。她几乎是不死的。她就是那个"春风吹又生"的草族。

2

　　"语言与思维方向是密切相关的，语言的表达方式也就是作家的思维方式。"

　　傅小平：如果说《河洛图》是向"仁义礼智信"等中国传统文化优秀部分致敬，"平原三部曲"似乎涉及中西文化融合问题，尤其是《生命册》多少追问了终极价值问题。虽然你的写作给人的感觉是纯中国的，但也不排除在思想上受西方文学影响吧？

　　李佩甫：有。读书，特别是读翻译的外国书对我影响巨大。青少年时期，我在许昌这个小城市读自己能找到的一切书。我父辈以上都不识字的，从小家里能看到的有文字的东西，就是半本皇历。但我就是喜欢看书，从童年到少年，我都是乱看书，什么书都看。只要是能找到的、能看得下去的书，我都看。看了不少书，但也是不求甚解。最早有好多字，我都认不得，所以很多年后，我明白那些字的意思，还是会把音读错。但早年读的那些书，对我有无声无息、或者说潜移默化的影响。

傅小平：但你的写作从文字表达上，看不出多少西化的痕迹。我倒是在你的好几部小说，尤其是在"平原三部曲"里，看你写到一本叫《修辞学发凡》的书。

李佩甫：这是陈望道先生写的一本书，忘记是从哪儿得到的了。我小时候常读，都翻烂了。我把它带在身边，没书读的时候就翻开来看。也不是认真读，但这样翻翻，对我是有影响的，尤其对我在语言的修饰上有很大影响。我印象比较深的是，这本书里讲到对推敲的认识。有个地方举例说，杜甫写过著名的《秋兴八首》，其中有一联："香稻啄余鹦鹉粒，碧梧栖老凤凰枝"。陈望道说，杜甫这诗写得过分雕琢。陈望道要求表达得准确，反对雕琢。他对语言文字的这种认知和解读，对我是有影响的。

傅小平：你有一句话，语言就是思维。我读后印象深刻。

李佩甫：我是觉得，文学语言跟认知有很大关系。你的认识不到那一步，就不会出现相应的表达。语言与思维方向是密切相关的，语言的表达方式也就是作家的思维方式。可以说，每一种表达，都渗透着作家的生命体验和思维过程，都囊括了不同作家不同的生存地域、不同的血脉迁徙、不同的水土气候，等等。在我看来，表达的差别就是思想和思维方式的差别。所以说，语言就是思维。

傅小平：但我们通常只是说，语言是思维的一种体现。

李佩甫：文学语言就是作家思维的体现。文字不只是文字本身，文字作为人类精神的物质外壳，是人类智慧的结晶。它是先导，是标尺，是人类透视力和想象力的极限。从我自己来说，我每次为了找到准确的表达方式，尤其是为了写好开头，会费很多心思。为啥呢？因为开头第一句，会决定整部作品的情绪走向。所以说，写好开头，对我来说是最困难的。为写好第一句，有时需要等一个月，有时需要等上一年半载。比如写《生命册》，我写了八个开头，最长的写到八万字，都废掉，就因为没有找到第一句话。那段时间，实在写不下去了，我就跑到乡下去住了几个月，吃了几箱子方便面。我是去找感觉的，我要把我所理解的声、光、色、味找回来。从乡下回来后，我还从书房里搬出来，换了个房间再坐下来，于是有了那句"我是一粒种子"，这样才算找到了准确的语言情绪，才终于写了下去。

傅小平：你的写作是否受过《红与黑》的影响？你小说里的很多人物，像《羊的门》里的呼国庆、《城的灯》里的冯家昌、《平原客》里的刘金鼎等，在某种意义上都称得上是"野心家"。而且你对这类人物心理的把握和刻画，像是得了司汤达的"真传"。

李佩甫：《红与黑》很早的时候读过，但都忘了。我的那些人物是有野心的，但我没想写野心家。我想写的是啥？写我们民族中一些活跃的"血分子"，写他们行走的轨迹。我觉得，我实际上是写这块土地上长得最好的植物是啥样。海德格尔说，建筑一旦矗立在大地上，它就是有生命的。植物也是这样的，我就是想写出这株"植物"能长成什么样，写出他行进的过程，写他的生长状态和生长危机。

傅小平：但我觉得，你真是擅长写这类人物，其中有些笔触，用所谓"入木三分"来形容也不为过。

李佩甫：我过去看大仲马的《基督山伯爵》、雨果的《九三年》，对其中的一些人物印象深刻。像《九三年》开头部分，写一艘战船在恶劣天气行驶在大海上，一门大炮挣断固定的螺栓横冲直撞，一艘船快要完蛋了，这时候一个人挺身而出，终止了悲剧的发生。用雨果的话讲，就是蚂蚁战胜了庞然大物。在关键时刻，这样的优秀分子起了力挽狂澜的作用。我们中华民族有许多这样的优秀分子，从春秋时代看起，不也是人才辈出？当然，要说怎么算是优秀，东西方是有差别的。

傅小平：无论你写城市与乡村，都包含在书写平原的这个大背景里。有意思的是，你虽然是城里人，但大概从写《李氏家族》开始，你写作的重心都在农村，或者说你笔下的人物，大多都有农村生活背景。

李佩甫：是啊，按说我在城市生活时间最长，我在郑州生活三十六年了。对于乡村，也就是童年、青年时期的一点记忆，但我写乡村确实更有感觉。这是"根"的问题，童年伴随人一生啊。我生在工人家庭，算是城里孩子，但少年时期有很多时间是在乡下姥姥家度过的。在那时，我就认识了平原上各式各样的草，这种草的形状和气味一直伴随着我，浸润在我的血液里。我在很长时间里，在人生行走的旅途中，都觉得自己是平原上的一棵草。再后来，我又在1971年下乡当了知青，成了一个地地道道的农民。农忙的时候，我干各种各样的农活，农闲的时候，我作为生产队长，还常常与那些支书、队长到公社开会。所以，我觉得平原实际上就是我的家乡，也是我的写作领地。

3

"我写平原这片土壤，围绕的都是对汉文化思维方向的观察和追寻这个中心。"

傅小平：应该说，你塑造了不少个性鲜明的人物形象，你着重强调的平原反倒会因此被忽略。同样，你小说的叙述有着坚实的质地，与叙述看似游离的部分就可能不是那么被关注。但就我的阅读观感，这部分带有词条性质的内容，无疑让你小说的大厦更为结实，更何况这些"词条"也写得特别出彩。像《羊的门》里的易筋经和十法则，以及《城的灯》里的"上梁方言"注释和刘汉香种花"观察日记"。应该说，这部分内容对你写豫中平原这个背景也起到了深化的作用。这些词条你是借鉴了相关资料，还是主要出于你个人的解读？

李佩甫：都是我个人的解读。但易筋经是中国传统文化里就有的，我知道也有人在练，我有个朋友，原来身体是很不好的，他每天练功三次，如果不练这个功，他身体早就垮了。中华传统文化里头是有很多奇特的东西的，很厉害，厉害得不可想象。易筋经在我国一些典籍里也有记载，练功的状态我也知道，也是有参照的，这些东西我都用在这个小说里了。

傅小平：那其他呢，像十法则，还有"上梁方言"等，都是你虚构出来的？

李佩甫：是我虚构的，我个人的创造，但融入了我对这块土地的理解。我是贴近这块土地去理解它的。这都没有虚的，全是真切的。还真是，咱俩今天聊，有两点我是特别高兴的。《生命册》最后一章，我认为是写得最好的，但从来没人跟我说起过，你今天说到了。还有你说到《城的灯》里"上梁方言"注释写得很好，也是从来没人这么说过，你说到了，也说对了。我认为这是我在这些小说里写得最好的部分。

傅小平：这些部分的确容易被忽略。很少有作家像你这么用心去创造词条，而且在多数小说里，这样的词条只能算是旁逸斜出，只是对故事情节发展起辅助性的作用，但它们在你的小说里无疑是重要的，就像方言也在你的小说里起到强化和深化背景的作用一样。

李佩甫：对，我的小说里会融入方言，但不是按原生态的样子放进去，而是经过了思维认知的转化。也就是说，进入我小说里的方言，都是修正过的。我写平原这片土壤，也有一个调试和修正的过程，围绕的都是对汉文化思维方向的观察和追寻这个中心。我想搞明白我们汉民族是怎么走过来的，为什么成为现在这个样子，有可能成为什么样子。

傅小平：就像你说的，语言就是思维，那我觉得方言更是思维。

李佩甫：相比普通话，方言更具象，它代表的是人们在某个阶段，对某种事物或现象的认知。它的出现和发展是有过程的。像"互联网"这样的新词，也只有到了现在才可能出现，这在过去是不可能出现的。

傅小平：也就是说，通过学习方言，写作方言，加深了你对平原这片特定地域在某一个或几个特定阶段的认知。

李佩甫：对，通过方言更能理解这块地方的生存状态。

傅小平：你的小说很少线性写一个人的发展轨迹，倒是比较多由一个人串联起一群人，或是先写一个人，再慢慢切入写整个地域。所以，你的小说偏于树形结构或网状结构，要做到形散而神不散是有难度的。

李佩甫：因为我主要写关系，写土壤和背景。马克思有句话说，人是生产关系的总和。人不只是人本身啊，他背后有一个巨大的，一般人看不到的背景。有时候，我们评价一个人很难准确，就因为我们不知道他后面站着什么，他是怎么走过来的。这个背景对人的影响真是特别大。我是主要写背景的，不是写单个的人，我们单个的人都是在这个巨大的背景中生活。我们有时觉得一个人的举动很荒诞、很突然，是因为我们不知道他后面是什么因素在起作用。我是想把背景写出来。我个人认为，这背景的力量是巨大的，比我们通常想象的还要大。

傅小平：那你是否担心，用过多笔墨写背景，反而把人物给冲淡了。

李佩甫：我把所有的人物，都放到我最熟悉的环境里写。不然我怎么写？像美国纽约，我只是去过而已，只有那么一点浮光掠影的印象，我不可能深入骨髓去写。只有把人物放到我熟悉的情境里，我写起来才得心应手。

傅小平：从你的作品里，还是能读到上帝视角。这可能是因为你在小说里融入了一点近似神性的东西。

李佩甫：一个民族是需要一点神性的。

傅小平：都说现实充满魔幻色彩，你着重书写的权力就更有魔幻性了，但你的小说却似乎和魔幻现实主义沾不上边。

李佩甫：马尔克斯对中国作家的影响很大啊，我刚读到《百年孤独》的时候是相当震惊的。拉美各民族与中华民族也有相似性，在近现代都处于被奴役状态。他书里有些带魔幻色彩的细节，像拉磁铁，跟我们童年时候玩的推铁环就很相似。当然他的描写，什么钉子、铁锅跟着满街跑是夸张的。但拉美作家在有些思想意识上是超出中国作家的，他们能穿越历史，穿越具象。

4

"文学不是用来经营的，进入文学深处，你就无处可藏了。"

傅小平：还是回来说说平原。你小说里固然写到一些充满进取精神的活跃分子，但尤其不能忽略的是那些承受者的形象，这其中以女性为主。

李佩甫：我写的都是平原这片土地上生长出来的东西，平原上的老百姓只有忍和韧，也没什么革命性。我和陈忠实写的也不一样，因为历史状况不同，写的地域也不同，他写的八百里秦川，站在黄土高原上是可以大声喊出来的，但在河南这块土地上，很多东西都是得咽下去的，所以我是写隐忍的。这样的隐忍靠一口气来支撑，很苦啊！但用"忍"和"韧"这两个字来概括中原文化是最准确的。我有时候觉得，河南老百姓就像土地一样沉默，那是一种集体无意识，他们就靠一口气，一代代存活了下来。

傅小平：你受益于大量阅读，但读你的小说，看不到太多西方文学的影响。你像是一直都坚定地走中国化、本土化的写作路子。

李佩甫：我的写作没和西方文学对接，算是比较中国化吧，比有些作家更本土，更传统一些。但上世纪 80 年代，我和其他作家一样，都拼命吸收西方各种文学流派营养，也都不同程度受到西方文学的影响。那时，我可以说也吃了一肚子"洋面包"，感觉很胀，消化不了啊，所以在写作上特别迷茫，有段时间每天晚上都像狼一样在街头徘徊。那时，我已经知道文学不仅仅是写好一个故事了，而是需要找到一种独一无二的表达和认知方式。"洋面包"虽好吃，我却长了一个食草动物的胃，所以特别痛苦。

傅小平：尝试过西方化的写作吗？

李佩甫：我学着写过意识流作品，但怎么写都觉得不成功，也没好意思发出去。这跟我当时还没找到认知的方向有很大关系。我觉得，认知或者说创造性地透视一个特定的地域是需要时间的，不仅需要时间，还需要认识。我说过一句话，时间是磨，认识是光。磨和光都有了之后，我才找到写作方向，也才有了《红蚂蚱，绿蚂蚱》。当然这也不是说我完全回归传统才找到方向。实际上，一些现代派作品，像普鲁斯特、乔伊斯，还有克洛德·西蒙等作家的写作，我还是接受的，也对我的写作产生了影响。

傅小平：体现在哪些方面呢？

李佩甫：他们小说语言里那种声光色味，描写细节的准确程度等，对我有影响。当然我写出来的味道，还是平原的味道。所以，我不像一些作家那样去仿制。你那样仿制，在刚开始发表作品的时候会沾一点光，新锐编辑喜欢，但长期那样写就不行了。我是觉得我们不能跟着西方文学亦步亦趋，也没这个必要。我们得写自己的生活，得把根扎在自己的土壤上。你在自己的土壤上，对这个地方熟悉，你就可以感觉到它的味道，你就能看到别人看不到的东西，感知到别人感觉不到的东西。也只有这些东西是真正属于你的，是别人夺不走的。只有找到你自己的领地，写你最熟悉的东西，才能做到左右逢源，得心应手。反之，你会捉襟见肘，很难远行。

傅小平：你的写作总体看挺真诚的，比较少私心杂念，也比较少条条框框。

李佩甫：你说我真诚，那是在写作中我把自己放进去了，把我对土地的理解放进去了。我觉得，作家情感的真诚度对作品质量有很大影响。文学不是用来经营的，虽然现在文学场有了些变化，但真正意义上的文学仍然是相对纯粹的。文字骗不了人，刚开始写的时候不易看出来，靠编造也能蒙混过关，但等到进入文学深处，你就无处可藏了。你的心机，你的小伎俩，都很容易被内行人一眼看出来。所以写作不能有偷工减料的心理，文字这东西一旦滑下去就很难再上来了，你得咬住、坚持住。

傅小平：读你们这一代作家的处女作，再对比后来的写作，回看你们蜕变成蝶的过程会很有意思。你熟读西方经典著作，写的却是中国化的小说，倒是觉得你适合来谈谈什么是"伟大的中国小说"这个话题。

李佩甫：我不知道什么是"伟大的中国小说"，但我知道中国作家都想写出本民族所期待的好的文学作品。这并不是一件容易的事情。从文本角度，如何突破旧有的文学样式，这是当代作家面临的一个困境。从内容角度，文学应该走在时代的前面，应该是"麦田的守望者"，但面对急剧变化的社会生活，我们思考的时间还远远不够。在这个时期，我们的文学落后于时代。如果文学落后于时代，作家仅仅是描摹现实生活、贩卖低劣商品的"故事员"，那么我们的写作是有问题的。

傅小平：但另一方面，却是网络化时代全民写作。至少从表面上看，我们的写作似乎是前所未有的丰富和多元。

李佩甫：多元化是好事，全民写作也是好事。但文学创作不只是写一个故事，或者说写一种经历。文学创作也不是生活本身。作家只有用认识的眼光照亮生活，用悲悯的眼光认识生活，用独一无二的方式表达生活，在作品中加入意义的创造，融入自己的思想，才能成就真正的文学作品。文学一旦失去了应有的水准和品格，失去了应有的境界和探索精神，失去了文学语言应有的思辨性和想象力，结果必然是庸俗化的泛滥。一个民族的作家不能成为一个民族思维语言的先导，是很悲哀也是很痛苦的。所以我觉得，现在还不是谈"伟大的中国小说"的时候。

2020 年 2 月

○ ●

我的枕边书 ....
——对话舒晋瑜

舒晋瑜：您的床头柜上放着什么书？

李佩甫：对于我来说，阅读和写作都已经成了一种生活习惯。所以，每个不同的时期，床头上放的书是不同的。

有时候枕边会是一本《圣经》，那也是睡不着觉的时候翻一翻而已。翻了，就觉得这不像是人写的。比如：主说，要有光，于是就有了光。这是人话吗？

有时候，会是《百年孤独》。那是在（上世纪）80 年代，读后很吃惊。小说竟可以这样写？

有时候，会是《尤里西斯》。也是在 80 年代，读不下去，就翻一翻，很吃惊。这位名叫乔伊斯的作家读了多少书啊？

有时候，会是西蒙的《弗兰德公路》。他的小说诗画结合，能把奔跑中一匹马的毛色写得那么逼真。吃惊。

有时候，会是尼克松的《六次危机》。翻翻，就觉得在美国当总统也不容易。

有时候，会是《万历十五年》。它让我有了读史的兴趣。

有时候，会是《五灯会元》。也只是翻一翻。

…………

舒晋瑜：您喜欢在什么时间、什么地点读书？

李佩甫：大多时候，我喜欢夜里读书，并且是躺在床上。有那么一段时间，睡不着觉的时候，我是用阅读来催眠的。

舒晋瑜：让您感到"真正了不起"的是哪本书？

李佩甫：说不清楚，也许很多。对于中华民族来说，孔子、老子、庄子的著作，都是了不起的。尤其是一旦社会稍稍安定的时候，儒家文化的大旗就会被历朝历代的统治者重新举起。这是对中华民族浸润最深的文化。对于百姓来说，它是一个民族的文化符号，也是一种秩序。统治者和百姓都需要这种秩序。儒家文化虽有糟粕，但底版是好的，它有五个字：仁、义、礼、智、信，是中华民族得以生生不息的根基。老子的《道德经》是需要一代一代人一次次重新解读的著作。庄子的《逍遥游》当是人类想象力的极致。

舒晋瑜：您最喜欢哪一类文学类型？有什么不为人知的趣味？

李佩甫：有相当的思想含量，文学语言独一无二，想象力非凡的文学作品。

舒晋瑜：哪一本书对你的影响最大？哪一本书曾激发你的写作欲望？

李佩甫：很难说。大概每个阶段都有自己喜欢的作品。少年时期，我曾经翻烂过一本书（那时候没别的好书看）。这本书是陈望道先生的《修辞学发凡》。

舒晋瑜：您有什么样的阅读习惯？会记笔记吗？喜欢快读还是慢读？

李佩甫：我一直是泛读，凭兴趣阅读。年轻时读得很快，看下去就看，看不下去就放下了。少年时期，会记笔记，以后就不大记了。

舒晋瑜：最理想的阅读体验是怎样的？

李佩甫：夜静的时候，或下雪的时候。一个人躺在床上读，很享受。

舒晋瑜：书架上最终留下来的是什么书？您会怎么样处理自己的书？扔掉，卖掉，出借，还是捐赠？

李佩甫：有了书房后，大多留下了。

舒晋瑜：你常常重温读过的书吗？反复重读的书有哪些？

李佩甫：早年是《毛主席语录》。后来是古典类的书，比如《二十四史》，也是需要的时候，翻一翻。

舒晋瑜：您童年时代最喜欢的书有哪些？有特别喜爱的人物或主角吗？你的童年偶像是？

李佩甫：我儿时最早读的一本书是《小布头奇遇记》。最喜欢的一本书是《新同桌》。偶像是雷锋。

舒晋瑜：小时候最喜爱哪本书？

李佩甫：不是哪一本，应该说是能找到的"俄罗斯文学"。

舒晋瑜：哪一本书您希望所有孩子都能读到？

李佩甫：富有想象力的童话故事。

舒晋瑜：您读这本书的时候多大？它改变了什么？

李佩甫：高尔基的《童年》《在人间》《我的大学》。童年里（大约十岁左右），它让我有了认识苦难的能力。

舒晋瑜：最近一次送朋友作为礼物的书是什么？

李佩甫：本人的《生命册》。

舒晋瑜：您在讲座或交流过程中最喜欢使用的书是哪一本？

李佩甫：《西游记》《三国演义》《红楼梦》。

舒晋瑜：在创作小说过程中最享受的是什么，最困难的是什么？

李佩甫：在写作过程中，找到了一个最准确的表达方式，或是脑海里突然冒出了一个好的细节，会特别快乐。最困难是找不到时。

舒晋瑜：在您所有作品中，最钟爱的是哪一本？

李佩甫：《生命册》。

舒晋瑜：您读过的最好的爱情故事是什么？

李佩甫：马尔克斯的《霍乱时期的爱情》。

舒晋瑜：有没有最喜欢的音乐作品？

李佩甫：喜欢日本喜多郎的《丝绸之路》。早年喜欢贝多芬的《命运交响曲》等。

舒晋瑜：对您来说，写作最大的魅力是什么？

李佩甫：认识生活，认识自己。

舒晋瑜：收到过最难忘的读者来信是什么？

李佩甫：指出作品不足的来信。

舒晋瑜：如果要从您的小说中选一本改编成电影，会选哪一本？

李佩甫：《平原客》。

舒晋瑜：所有您见过的作家中，对谁的印象最为深刻？

李佩甫：我曾作为中国作家代表团的一员访问过俄罗斯。当时，作为代表团团长的张锲先生是中国作协副主席，同行的还有作家凌力先生和刘宪平先生。当我们在莫斯科会见苏联时期最著名的作家艾特玛托夫（他的代表作品《一日长于百年》《断头台》等。此人曾获过苏联国家奖金，在中国影响巨大。他也是戈尔巴乔夫时期苏联十六位总统委员会成员之一）时，张锲先生代表中国作协邀请艾特玛托夫访华。这位苏联著名作家的回答是：没有钱。

2020 年 2 月

追寻平原的"神性"　·························

记得童年里，姥姥每晚临睡前都会给我讲一些"瞎话儿"。她讲的"瞎话儿"大多来自民间的神神鬼鬼的故事，且多是很吓人的。曾记得，在各样的"瞎话儿"里，姥姥也曾给我讲过民间的三大财神：沈万三、康百万、阮子兰。好像其中说到沈万三时，她说，沈万三虽家产万贯，楼瓦雪片，有花不完的钱，却"懒"死了。

稍大一些我才知道，这些"瞎话儿"也不过是一些哄孩子的民间神话故事而已。当然，再后来，我明白，那个叫沈万三的"财神"，也并非"懒"死的。

可是，多年之后，当我来到巩义，看到那座城堡似的康百万庄园时，童年的记忆一下子点醒了我。河南还真有这样一个财神"康百万"呢！就此，我发现，大地是有神性的，人类的所有神话都是有根的。那是历史在时间或记忆中产生变异（或飞跃）的结果。在时间中，它由生活演化成传说，传说演化成故事，故事演化成寓言，寓言演化成神话……于是，这也就成了我对"康百万"感兴趣的最初动机。

　　创作《河洛图》这部长篇，我前前后后大约花了十多年的时间。最初，我想当然地以为，在中原大地上，一般是不可能出现所谓"财神"的。历史上，这里战乱频繁，加上黄河连年泛滥，民不聊生。可以说，中原是灾难深重的一块土地，同时也是儒家文化浸润最深的土地，是块"绵羊地"。原本，我以为在这块土地上，除了"忍"和"韧"，再也没有什么了。特别是在过去的一些时间里，我所看到的、听到的、国内有些名号和影响的商帮，有晋商、徽商、浙商、闽商等等，却很少听说过豫商。可让我惊讶的是，一个活生生的"康百万"就在眼前，他竟然还是民间口口相传的"活财神"。那么，在中原大地上，一个家族连续富了十几代，且留下了一座城堡式的庄园，这个家族是怎样发展起来的呢？这块紧靠邙山河洛交汇之地，且诞生过大诗人杜甫的地域，它的神性何在？这正是我想要探究的，也是我创作《河洛图》的第二个原因。

　　为此，我曾经东到山东临沂，西到山西太原、陕西泾阳去寻访一个地域、一个家族的秘密……我发现，在这里，黄河里的鱼与洛河里的鱼是不一样的。黄河水浊，浪急，那鱼终日在浊浪里翻滚，在漩涡里淘生。每到汛期，浊浪排天，水声如虎。何况黄河几乎年年改道，朝不保夕，那鱼每每要经历几场生死搏杀才得以活命。况且，鱼们每年都要逆流而上，以命相抵，去跃那龙门！所以，黄河里的鱼头大脊黑，大多性烈。一条条亮着黛黑色的脊，跳荡腾挪中鱼尾甩着一片亮红，两鳃如金，狡黠的鱼眼犹如黑夜里的两束红箭。而洛河水清，性也温和。一荡好水从陕西洛南一路走来，两岸土质偏硬，泥沙较少，却从未改道。所以，洛河里的鱼头小脊薄，鱼色偏淡，肚脐处白嫩如雪，两只鱼眼在清水里汪亮着一片羞涩，显得温文尔雅。水润鱼性，鱼就柔和，顺带三分的灵气和傻气。

　　我发现，当年的秦人和豫人也是有差别的。两地一为中，一为西，原本都曾是首善之区、繁华之地，又同在朝代更替时，遭刀兵多次戕伐，坡上的草早已被鲜血染过，骨头也曾被砍断过多次。所以，两地人也都是以气作骨，那咽喉处自然就是命门了。不同的是，秦人终究是要喊出来的。秦人走出家门，八百里秦川，一荡荡峁峁梁梁，起起伏伏，塬与塬之间，看似不远，却又隔着深沟大壑，人心也就有了起伏，当硬则硬，当软则软，越是人烟稀少处，越要野野地吼上两嗓子，那是给自己壮胆呢。于是这里就成了一处歌地，一代一代人传下去，则为秦腔。而豫人呢，大多居一马平川，鸡犬相闻，人烟稠密。人多言杂，言多有失，则只好咽下去。那吼声在九曲回肠里闷着，一个个修成了金刚不坏的躯壳，内里却是柔软的。分明在等着一个牵"象"的人，而后就厮跟着走。因那吼久闷在心里，喊出来就炸了。一代代传下去，是为豫剧。

比如，我发现，你无论走到任何一个城市，都有"山陕会馆"。那是晋商的群体历史，是一个商帮的历史。自然不是"神"。而"康百万"为什么就成了民间的"神"呢？在空空荡荡的庄园里，让我印象最深的是刻在匾上的一句话："以不尽之巧还造化"。这句话对于人类的现实和未来，都是具有警示意义的。什么是"造化"？那是天空、大地、阳光、绿水、青山、万物、生灵……人们哪，千万不要把你们的聪明才智用尽。切记，切记。

在中原，"康百万"只是一个个案。我想研究这个个案。但解读一个民间财神是有相当大的难度的。我直观看到的只是一个二三百年前的城堡，空空荡荡的城堡和一些零零散散的传说。坦白说，我不知道那一块块古老的砖石会告诉我什么，当然，对三百年来被民间称之为"活财神"的家族有很多的解读方式，这只是我的一家之言，是文学化的解读方式。就此说，《河洛图》是一部我加入了个人的认知、超越了具象现实的再创作。

我一直把平原当作我的写作领地。当然，这个"平原"已不是具象的某个地方，而是我心中的"平原"。它是深受儒家文化浸润的一块土地，是生我养我的地方。这里的一草一木都与我有很深的感情。我说过，我写生活在这里的人们的生命状态，着重写一个特定地域的精神生态，研究的是一个特定地域的"生存法则"。《河洛图》所阐释的最重要的主题是：时间。在大时间的概念里，可以说，任何聪明和算计都是不起作用的。

　　由此，《河洛图》的创作当是我追寻平原"神性"思维的一个过程。

2020 年 3 月 20 日